UG novels

物理的に最底辺だけど攫われたヒロインを助ける為に、最強になってみた

JN197843

[イラスト]
Ruki
Illustration Ruki

三交社

物理的に最底辺だけど攫われたヒロインを助ける為に、
最強になってみた

[目次]

Contents

序章

俺が八歳の時、好きな奴がいた。

「ねえ、こんなところで何してるの？」

「んあ？」

村外れの丘の上。風の気持ち良いそこで昼寝をしていた折に、そいつは現れた。

金髪の綺麗な俺の幼馴染、レシアだ。

「さっき、村長がすごーく怒ってたよ？『オルトはどこだ！』って」

「見て分かんだろ。昼寝してんだよ」

「畑仕事サボってやることじゃないでしょー」

レシアは昼寝をしていた俺の隣に腰かける。

俺は空を仰いだまま、

「別にいいじゃねえか。畑仕事なんざ、面白くねえしな」

「面白いとか、面白くないとか、そういう問題じゃないよ。あたし達、みんなで協力しないと明日を生きていけるかどうか……分からないんだから」

「…………」

俺はあからさまに顔を顰《しか》めた。

俺達は、塔の世界エルダーツリーの最下層に住んでいる。下層の民は上層の民に虐げられる階級社会。そんな階級社会の最下層に住む俺達は、上層の民から税金や食糧を毟《むし》り取られ、貧困と飢えに苦しんでいた。

当時の俺は、その状況を仕方がないと分かっていながら、何もせず服従していた大人達に憤りを感じていた。

「うるせえ。大体、なんで大人達はなにもしねえんだよ。明らかに、俺達ばっかり苦労してて、上の奴らは俺達から搾り取ってるだけじゃねえか」

「ちょ、ちょっと……上の人達を悪く言ったら、捕まっちゃうよ……」

レシアは困った笑みを浮かべて言う。

「はっ。ガキの陰口を聞いてるほど、上の奴らは暇じゃねえよ。俺達から搾り取るのに忙しいからな」

「もう……オルトったら。とにかく、畑仕事しなきゃ。明日だって税金の取り立てに上の人達が来るんだし」

「…………」

俺はレシアに背を向けた。

「ねえ、聞いてるのオルト?」

「はいはい、分かったたってての。だけど、もう少しサボる。村長が怖いからな」

「はあ……しょうがないなあー」

レシアは俺の背後で、何事か物音を立てる。暫《しばら》くして、レシアが声をけてきた。

「はい、オルト」

「あ？　って、なんで正座してんだ？」

「膝枕だよ。あたしの膝、使ってよ」

「なっ……そ、そんなことするわけないだろ!?　勘違いされたらどうすんだよ！」

思わず立ち上がって叫ぶ。

レシアは首を傾げた。

「勘違い……？　どんな？」

「そ、そりゃあ……俺とてめえが付き合ってるとか……そういうことだよ！」

「ああ、そういう……。あたしは別にいいよ？　お、オルトとなら……別に……」

「っ……お、俺が良くねえんだよ！」

本当は好きな癖に、素直になれなかった俺はそっぽを向いた。

「そっか……。あたしとじゃ迷惑かな……」

「い、いやあ……えっとだな……。別に、嫌ではねえけど……」

「けど……？」

「…………だああああ！　この話終わり！　おら！　畑仕事に行くぞ！　ジジイに怒られる！」

「もう怒られると思うけど？」

「うるせえ！」

俺はクスクスと笑うレシアの視線に、居心地の悪さを感じ、逃げるように畑仕事へと向かった。

レシアは俺の気待ちに気づいていたのかもしれない。

ただ、素直になれなかった俺は、レシアの気持ちも考えずに遠ざけていた。

この生活が永遠に続くわけがないというのに……。

※

「オルトはさ、ここから上に行きたいって思ったことある？」

「あ？　何だよ。藪から棒に」

いつもの丘の上で並んで座る俺とレシア。

レシアから唐突に投げかけられた問いに、俺はぶっきら棒に返す。

「あたし、ここから上に登りたいなあって思うんだ」

「第二階層に上がりたいってことかよ？」

「違うよ。もっと上だよ。世界の果てって言うかさ」

「世界の果て……ねえ」

この塔の世界エルダーツリーは、全一〇〇〇階層からなると聞いたことがある。レシアの言う世界の果ては、つまり第一〇〇〇階層のことだろうか。

「無理だろ。大体、世界の果てに行きたいなら、もういるだろ？」

「ここ最下層だもんね。でも、そういうことじゃなくってさー。もう、オルトにはロマンがないなー」

「ロマンじゃ飯は食えねえからな」

言うと、レシアが頬を膨らませる。

俺は溜息を吐く。

「はあ……大体、よく考えてみろよ。俺達は下層の民だぜ？　上に行ったら絶対に笑われるだけだ」

「そうだけど……」

「それに、通行証がねえと上に行くためのゲートを通れねえからな」

ゲート以外の方法だと、迷宮を通るしかないが……迷宮には多くのモンスターが犇《ひし》めいているため、現実的ではない。そもそも、迷宮を通っての階層移動は禁止されている。

「うう……やっぱり、上に行くのって難しいのかな……」

「そりゃあな。諦めて、ずっとここにいろよ。暮らしは大変っちゃ大変だが……まあ、慣れれば存外悪くはねえだろ」

「……うん」

ふと、まるで「ずっと俺と一緒にいろよ」みたいに聞こえてしまってないかと不安になる。しかし、レシアにその素振りはなかった。

「いつか……」

レシアは小さな声で、しかし隣に座っていた俺には聞こえる声量で続ける。

「いつかさ。大人になったら、オルトと……旅とかしてみたいなあ」

「旅……？」

「うん。旅」

哀調を含んだレシアの横顔に、俺は頭を掻いた。

「まあ……大人になったらな」

言うと、レシアは嬉しそうな笑顔を浮かべる。

「うん！　絶対だからね！」

「わ、分かったっての……ったく」

嬉しそうにはしゃぐレシアを、俺は苦笑しながら見つめていた。

この時の俺は、こんな風にレシアといつまでも一緒にいられたらと……漠然とそんなことを考えていた。

※

レシアと一緒に、日々の苦しい生活を耐え忍んでいたある日のことだった。

奴らは、突然現れた。

村人達が妙に集まっていたのが気になり、俺とレシアは人集《ひとだか》りに足を運ぶ。

中心には、見慣れない格好をした二人組が、これまた見慣れない生き物に跨《また》がっているのが見えた。

「なあ、あの生き物なんだ？」

「あれはワイバーンかな……？」

「ワイバーン？」

「うん。翼の生えた蜥蜴《とかげ》みたいな生き物。空を飛べるって」

「へえ、空を……」

「ワイバーンに乗ってるのは……騎士様……？」

騎士は、二人ともワイバーンから降りた。

その内の一人は、道化師に似た顔で、少し派手な格好をしている男だった。男は一通り周りを見回して口を開く。

「汚い空気だねえ。さすが、最下層……ぺっ！」

男は言いながら唾を村の住人に向かって吐いた。村人達は一斉に眉を寄せる。

村人達から睨まれる中でも、男は余裕綽々《しゃくしゃく》な態度を崩さない。

「ふん、屑の溜まり場にこの私が、なぜ送られたのかねえ。全く、一度だけ言うよお？　私はキュスター。第九九階層から来た貴族様さあ」

キュスターという貴族が名乗った瞬間、村人達が戦慄した。勿論、頭の悪い俺でも第九九階層という一言で理解した。

キュスターを相手に、格下の俺達は何も出来ないということを。

「は、遥か上層の貴族様が一体……い、如何《いかが》されたのですか？」

「んー？」

固まり怯えている村人達に代わって、村長が恐る恐る声をかける。すると、キュスターの目の色が変わった。

「ちょっとー？　お爺さん？　誰が口を開いていいって言ったのかなあ？」

「へ……？　あ、いや、儂は……っ!?」

村長が何か言う前に、キュスターが村長の腹部を蹴り飛ばした。村長はその場に蹲《うずくま》り、あまりの痛みに悶絶している。

俺は思わず声を上げる。

「じ、ジジイ！」

「来るなオルトお……。儂が、儂が悪いのじゃ。貴族様に粗相を……」

「あははは！　そう……礼儀のなってないお爺さんに教えただけ。そうだよねえ？　みなさん？　この場で一番偉いのは、上層の私……そうだよねえ？」

キュスターの問いに答える者はいないが、俯《うつむ》くその姿が物語っている。

キュスターは蹲る村長の頭に足を乗せた。

「あ、あいつ……！」

「ダメ……！　オルト……逆らったら、殺されちゃう……！」

「黙って見てろってのかよ……！」

憤る俺をレシアが必死に止める。

その間もキュスターは何も出来ない村長をいたぶっている。他の村人達は、何もせずに俯いていた。

「あはは！　私は上層の民！　そして、君達は下層の民の中でも最下層の民さあ。私に何をされようとも、君達は抵抗することを許されていない！　さて、ではみなさん。この私に無礼を働いたお爺さんに石を投げなさい」

「「っ⁉」」

キュスターの言葉に村人達が絶句した。

キュスターの足元には、既に十分過ぎるほど痛めつけられ、所々から血の出ている村長の姿があった。

普段、「バカもーん！　畑仕事をサボるでないわー！」と俺を怒鳴り付けていた村長の姿は、見る影もない。

「あの腐れ野郎……！」

「オルト抑えて！」

今すぐにでもキュスターを殴り飛ばしたいが、レシアを無理矢理振り解くほど、俺は冷静さを欠いてはいなかった。しかし、その冷静さなどすぐに消えた。

　一人……また一人と、村人達は石を拾い出した……！

「なっ……み、みんな、冗談だろ……」

「っ……！」

　俺もレシアも、大人達の行動に目を疑い、口を覆った。

「すまん……村長……！」

「ごめんなさいごめんなさい……」

「これも生きる……ためなんだ……」

「悪く思わないでくれ……！」

　各々、謝罪やら何やらを呟きながら今にも村長に向かって石を投げようとしている。

　いつも俺に、「男は正しいことをするもんだ！」と言って、拳骨をしていた衛兵の兄貴。他にも俺と縁のある、もしくは親しい人達が、いつもの様子とは豹変していた。

「あっははは！　いたいけな老人に向かって石を投げる村人達の図……ぷくククっ……。いやあ、最下層なんて最悪だと思ってたんだけど、面白い余興が見れて満足だよお。さあ、やれ」

「…………」

　キュスターと一緒に現れたもう一人の騎士は何も言わない。

　村人達は一斉に、蹲る村長に向かって石を投げる。しかし、その石は村長に当たることはなかった。なぜなら——。

「オルト！」

「っ……！」

我慢の限界に達した俺が、レシアを振り解き、村長の盾になったからだ。投げられた石は俺に当たり、頭から血が流れる。

「ってぇ……」

「お、オルト……」

石を投げた村人達は、俺が村長の盾になったことで石を投げる手を止めた。

「んー？　なんだい？　このガキは」

そう言ったキュスターを無視し、俺は叫んだ。

「みんなどうかしてるぞ！　なんでこんな奴の言いなりになってんだよ！　どう考えてもおかしいだろ！」

「ちょ……こんな奴は酷いねぇ。でも、別におかしいことじゃあないんだよお？」

キュスターは俺のところまで歩いてくると、俺を蹴り飛ばした。

「なっ……てめぇ！　ふごお!?」

「全く、礼儀のなってないガキだねぇ」

キュスターは下卑た笑みを浮かべながら、俺の口を片手で覆って掴み上げる。

これからどうなるかと思ったところで、今まで一言も声を発さなかったもう一人の騎士が口を開いた。

「キュスター。遊びもほどほどにしろ。目的を果たせ」

「ん……分かったよ。君は堅いねえ……」

キュスターは俺を軽々と投げる。

「どわっ⁉」

投げ飛ばされた俺は地面に叩きつけられた。幸いなことに頭を打ったりすることはなく、無事だった。すぐにレシアが駆け付けてくる。

「だ、大丈夫……？　オルト？」

「あ、ああ……それより、ジジイは……」

村長に目を向けると、ピクリとも動いていなかった。嫌な想像が頭を過《よぎ》る。

しかし、次のキュスターの言葉によって、すぐに意識は現実へと引き戻される。

「さて、そろそろ本題に入ろうかなあ。私がここに来たのは……レシアって女の子を探すためさあ」

キュスターの一言で、レシアの動きが止まる。村人達の首がゆっくりとレシアへ向けられる。

「んー？　ああ、君がレシアかな？」

「え、あ、あの……」

レシアは戸惑った様子で、キュスターを見上げる。レシアよりも高いところから見下ろすキュスターは、相変わらず不気味な笑みを絶やすことなく口を開く。

「君がレシアかあ……ふうん？　最下層の民にしては、中々……いんや、随分と将来有望な容姿だねえ。公務じゃなければ、私の手元に置いておきたいくらいだけどお……」

言うと、後ろで控えていた騎士が腰の剣に手をかける。キュスターは残念そうに溜息を吐いた。

「まあ、仕事だからねえ。さあ、レシア。私達と一緒に上層へ行くよお」

「え、上層……？」

「そう……ああ、ちなみに拒否権はなあい。拒否するなら、ここの村人全員血祭りだからねえ？」

「っ⁉」

レシアと村人達はその一言で体を硬直させる。

「くふふ……良い子だねえ。それじゃあ、行こうかあ」

「は……はい……」

レシアは体を強張らせて従う。

大人しく連れ去られようとしているレシアに、俺は体の痛みに耐えながら叫ぶ。

「ふ、ふざ……けんなあああ！　行くんじゃねえ！　そんな野郎に付いて行くなよ！」

「……っ！　お、オルト……でも、あたしが行かないとみんなが……！」

「おんやあ……まだ抵抗するんだあ……」

キュスターは徐《おもむろ》にレシアの手を引き、軽々と騎士へ投げる。騎士はレシアを抱き留める。

それからキュスターは、ゆっくりと俺のところまで近寄ると、

「本当にクソ生意気なガキだねえ……！」

「ごっ⁉」

俺の腹部を蹴った。

耐え難い痛みが俺を襲い、呼吸が出来なくなる。キュスターは不気味な笑みを一層増して、何度も俺を蹴った。

「ひはははは‼　非力な子供がいたぶられている様《さま》を見ているかい？　下層の民の分際で、この私に刃向かうからこうなる……！」

「ぐあっ！」

俺は蹴り飛ばされ、地面を転がる。

意識が飛びそうなのに、痛みで意識が引き戻される。いっそのこと、このまま気を失えたらどれだけ楽になれることか。

「ふう〜。さて、トドメを刺そうかなあ」

「や、やめて……！　下さい……！　あたし、行きますから！　大人しく行きますから！　オルトには……手を……出さないで……！」

「んー……。まあ、いいでしょう。未来の勇者がそう言うのであれば……ねえ」

キュスターは少しだけ面白くなさそうにしながらも、レシアの言うことに従って踵《きびす》を返す。

そして、二人はレシアを連れて行く。

俺は定まらない視界の中で、必死に手を伸ばす。

「れ、しあ……！　いく、なよ……！」

視界の中でワイバーンに乗せられ、連れて行かれるレシア……。

なんで、どうして、行くんだよ！　なんで大人達は何もしてくれないんだよ！　なんで……なんでなんでなんで！

怒りが激流の如く俺の精神を支配する。

誰も逆らえないから、誰も何も出来ない。何もしてくれない大人達に腹を立てるが、今この場で一番腹が立つのは――自分自身だ。

「もっと……おれに、ちか、ら、があればっ！」

そんな後悔。

ふと、足音が近づいて来る。

顔を上げると、騎士が俺の前に立っていた。

「まだ意識があるみたいだな」

「……な、んで……てめえらは、れしあを……」

「彼女は未来の勇者候補として、我々ノブリス騎士団に見出された」

「ゆう……しゃ……？」

「そうだ。彼女には、これから過酷な運命が待っているだろう。最悪の場合は死ぬ」

「……っ！」

レシアが死ぬと聞かされ、俺の背筋が凍る。

「や、めろよ……！」

「無理だ。止められなかったのは、彼女を助けられなかったのは、全て君が未熟で力がなかったからだ」

「──っ」

その通りだった。俺は何も言い返せず、ただ黙り込むしかない。

「君のせいで、彼女は死ぬ。全ては大人達を過信した子供の君が招いた結末だ。大人も君も無力なのだよ」

「なら、どうすればよかったん……だよ‼」

「そうやって、すぐに他人の力に頼る。だから、彼女を助けられない」

「──────」

この時、騎士が子供の俺に何を求めていたのかは、今でも分からない。しかし、次に投げられた言葉が俺を奮い立たせた。

「彼女を助けたいか？」

「…………」

レシアを攫《さら》った騎士が、どうしてそんなことを口にしたのかは分からない。しかし、俺は何も迷うことなく頷く。

「……八年だ」

「え……？」

「八年後、彼女は上層で勇者としての英才教育を受けた後に、第九〇階層にある勇者養成学校へ入れられる予定だ。それまでの猶予が、八年ということだ」

「…………」

騎士の言っている意味は分かる。しかし、だからなんだと俺は眉を顰《ひそ》める。その疑問を、騎士が次に放った言葉が晴らした。

「それまでに力を付けろ。第九〇階層まで上がってこい。そして、勇者養成学校に入り、彼女を助けろ」

「……あ」

騎士は俺の横に丸められた羊皮紙を置いた。

「これは後で必要になる。八年間、失くすな。これがあれば、君でも勇者養成学校の門を叩くことが可能だ。いいか……八年だ。彼女を救えるのは、君だけだ」

騎士は最後にそれだけ言い残し、立ち去ろうと踵を返す。俺は残っている力で、声を絞り出す。

「な、んで……そんなこと、おしえ……るんだよ……」

「なぜ……か。今の君に言っても理解することは難しいだろう。だから、建前ではなく本音だけ教えよう」

騎士はそう言って振り返り、不敵な笑みを浮かべた。

「私はね、あの男が嫌いなのさ。何もしてくれない大人も。そして、無力な自分も。だから、君に同情したのさ」

――ただ、それだけだ。

騎士は今度こそ振り返ることなく、ワイバーンに乗って去った。

そのすぐ後に、俺を心配した村人達が駆け寄ってきたが――俺はその全てを振り払い、騎士の残した羊皮紙を手に、歩き出した。

体はキュスターに受けたダメージで重く、酷く痛む。しかし、俺には足を引きずりながらでも進む理由がある。いや、理由が出来た。

「れ、しあ……絶対に……俺が、助ける……！」

まだ、俺はあいつに伝えられていない。

今まで素直になれなくて、伝えられなかった言葉があるんだ――レシアが好きだってことを。

「おおおおおお!!」

その日から俺は、ただ強くなるために自分を鍛えた。

上の階層へ上がるためには、モンスターが犇めく迷宮を登らなくてはならない。

「まさか、レシアとの約束がこんなに早く来ちまうとはなあ……」

大人になったらって約束だったのにな……。それに、二人じゃなくて一人だ。だけど、このずっと上に、レシアはいる。

「待ってろよ……レシア！」

そうして、俺は僅か八歳にして迷宮へ挑んだ。

何度も死にかけた。何度も泣いた。何度も苦しんだ。

飢え、睡眠不足、感染症にもかかった。

それでも、ただ純粋に上を目指し、少しずつ登った。

第一階層から第一〇階層まで五年の歳月を要した。そこから、第五〇階層までは二年。そして、現在——俺は第八九階層にいた。年数にして、あの日からちょうど、八年目くらいとなるだろうか。

「本当に……ここまで長かったなあ。ったく」

俺は独り言で悪態を吐きつつ、襲いかかってきたモンスターを剣で斬り裂く。

辺り一面は、植物すら生えていない荒野。

「いやあ、それにしても、こりゃあまだ時間がかかりそうだな……」

視線の先には、やや離れたところに街が見えた。そのさらに奥の方に、上の階層——第九〇階層へ続く巨大な柱が見える。迷宮だ。もう何度も見てきた……迷宮の姿だ。

「もう何回見たんだっけかな……。この階で最後だし、これでしばらく見納めってのは……少しだけ、感慨深いもんがあんな」

自然と笑みが零《こぼ》れる。

俺はもう一息だと、気合いを入れて歩を進めた。

※

街へ到着した俺は、体を休めるために幾日か宿に滞在した。

荒野に立つ街は、商人達が行き交い、活気づいている。商いが盛んな街は、ここへ登って来るまでに幾つもあった。その度に、俺の生まれ故郷である第一階層との違いに驚いた。

下層は、畑ばかりだ。商人も寄りつかないゴミ溜めだ。ここまで人はいなかった。

「これも下層と上層の違いなのかね……」

俺は宿屋二階の木窓から見える、街の景色を眺めて呟く。

思えば、随分と遠いところまで来てしまった。

だが、それも次で終わりだ。

「さてと、そろそろ行くか」

俺は剣を携え、宿屋を後にする。

無論、向かうのは次の階層――第九〇階層へ続く迷宮だ。

「お、そこの兄ちゃん！　旅人かい？　良かったら旅の必需品、うちで買わないかい？」

商い通りを歩いていると、露店を開いていた中年の男に声をかけられた。

俺は立ち止まり、

「いんや、遠慮しとくわ」

「そうかい……。だけど、剣一本で出るつもりかい？」

俺は雑嚢も持たず、旅に必要であろう物を一切持っていなかった。当然の疑問だろう。

俺は笑った。

「別に心配いらねえよ」

「いや、しかしだなあー。若い子を見捨てられんよ！　一体、どこへ行くつもりなんだい？」

「あそこ」

俺は聳《そび》え立つ迷宮を指差す。

商人は首を傾げた。

「迷宮……？　冗談だよね？」

「さてな？　もういいか？　急いでんだ」

「あ、ちょっと！　もし、上の階層に行くなら持ってきな！　っと、いらっしゃいませ！」

俺が立ち去り、止めようとしてきた商人だったが……客がやって来たため、途中で遮られる。

と、商人は接客の合間を縫って、俺に羊皮紙を一枚、投げ渡してきた。宙で掴み取って広げる。中身は、第九〇階層の大まかな地図だった。

こんな物、貰ってもいいのかと商人に目を向ける。商人は俺に向かって親指を立てた。

俺は手を挙げ、態度で感謝を示す。そして、迷宮へ向かって歩みを進めた。

荒野をひたすらに進む。その間、現れたモンスター達を蹴散らし、ようやく迷宮に辿り着く。

中へ入るための巨大な扉。この先には、第九〇階層があり……レシアがいる。この八年間、ただここだけを目指していた。

「ふう……」

俺は早る気を抑えるために息を吐く。

そして、右手で巨大な扉を押し開ける。

迷宮へ入ると、幾重にも重なり、複雑に絡む階段が上へ上へと続いていた。見上げると、延々と続く階段が一層多く見える。

階段の途中にはモンスター達が見えた。

「さて……と、ここで最後だ」

俺は迷うことなく階段を登り始めた。

※

上層を目指して、迷宮の上へ上へと登る俺は、モンスターと対峙していた。

「ったく……次から次へと。しかも、上に行くごとに強くなりやがって」

モンスター達は階を追うごとに強さを増していた。この第八九階層のモンスター達は、そういう意味で、今まで戦ってきたモンスター達よりも強い。

対峙しているのは、巨大な体躯で二本の脚で立つ牛のモンスターだ。

『モー！』

「おっと」

牛モンスターは突進を繰り出す。頭から生えている角に当たったら痛そうだ、俺は横っ跳びに突進を避け、すれ違い様《ざま》に牛モンスターの腹部を裂く。

『モー!?』

「っと……」

牛モンスターは一撃で倒れ、俺は剣を肩に担ぐ。

一度、一息入れようかと考えた折に、声が聞こえた。

「オルトー！　ここにいるんだろー!?　出て来い！」

「んあ？」

声のした方向へ目を向けると、誰かが迷宮を登ってきているのが見えた。俺は溜息を吐く。

「はあ……ラッセルだな。ありゃあ」

登って来ていたのは、俺がよく知っている人物だった。ラッセルという名の男は、「うおおおお！」と叫びながら、俺の立つ回廊まで走ってきた。

「ぜえぜえ……やっと追いついたぞ！　オルト！」

息を切らして現れたのは、シンプルな皮鎧を身に付けた若い男。プラチナブロンドのサラサラな髪をした、如何にも真面目そうな面構えをした美男子である。

俺は肩を竦《すく》めた。

「毎度懲りねえ奴だな。こんなところまでご苦労なこった」

「当たり前だ！　俺は正義を遂行するために、憲兵となったのだ！　貴様みたいな犯罪者を逃すはずがないであろう！」

「犯罪者ねえ……」

自覚はなかったが、どうやらそうらしい。

「お前と会ったのって、第五〇階層だったけか？」

「違う！　第五二階層だ！　そこで、不法階層移動をしていた貴様を見つけたのだ！」

「不法階層移動ねえ……」

「そうだ！　本来、階層の移動は正式な手続きを経て、通行証を提示し、ゲートを通る！　迷宮やその他の移動手段は、法律で禁じられている！」

それを理由に熱心な憲兵であるラッセルは、第五二階層からずっと俺を追いかけ回している。

「さあ！　ここで会ったが一〇〇年目！　今日こそ貴様を取っ捕まえて、法の裁きを受けさせてやる！」

「面倒くせえ……」

とは言ったものの、実はラッセルのことを気に入っている。こういう愚直で真面目な人間は、嫌いじゃあない。

それに、ラッセルは口だけの男ではない。

「行くぞ！　オルト！　せいやあ‼」

「っと……！」

ラッセルは宣言した後に、馬鹿正直に真正面から剣を抜いて地面を蹴った。俺との間合いを詰めると抜いた剣を、そのまま居合いの要領で振るう。

読み易い単純な攻撃。故に、防御は容易《たやす》かった。

迷わずラッセルの剣を己の剣で受ける。手に鈍い痛みが走る。尋常ではないパワーだ。

「ちっ……相変わらず、速えし重いな」

「はっはっはっ！　正義を貫くためには、力が必要だった！　正義は口だけで語れるものじゃあないからな！」

「本当に、てめえとは気が合いそうだぜ……！」

「ぬお!?」

俺は受け止めたラッセルの剣を、己の剣で弾き、ラッセルの急所に剣を突き刺す。その攻撃を紙一重で、ラッセルの剣が弾く。同時に剣を上から振るうと、刃が衝突して鍔《つば》迫り合いになる。

「ぐうっ……犯罪者の癖によくやる。どうして、その力を正しいことに使わない！」

「こちとら事情があってね。悪いが、正義なんて崇高なもんのために使うつもりは……ねえ！」

「うぎゃ!?」

俺は無理矢理ラッセルを押し返し、腹に蹴りを入れる。

瞬間、俺の膂力《りょりょく》によって生じた衝撃波が迷宮を震わせ、ラッセルは遥か前方へ吹き飛び、迷宮の壁に衝突した。

「もう、俺の目的地はすぐ目の前なんでね。そろそろ、てめえとの決着をつけさせてもらうぜ」

「ぐう……さすが、オルト。犯罪者ながら我がライバルと認めただけはある……。はっはっはっ！　今のは効いたぞ！」

いつから俺はラッセルのライバルになったのだろう……。

「はっはっはっ！　さあ、行くぞ！」

ラッセルは壁に減《め》り込んでいたが、何事もなかったかのように壁から飛び出す。ラッセルの剣先が煌めき、一瞬にして俺と肉迫する距離へ……！

「はあ！」

「そいやあ!!」

俺とラッセルは再び剣を交える。その度に、迷宮全体が揺れるほどの衝撃が生まれ、俺達の立つ回廊全体にヒビが入る。

俺は剣を交えつつ、ラッセルに言った。

「確かにてめえは強い。けど、悪いが俺の方が強い」

「なんだと!?」

憤慨したラッセルだったが、これは本当のことだ。

「だから……少し本気を出すぞ！」

そう宣言し、刃を再び交えるタイミングで、ラッセルの剣を強く弾く。剣は腕ごと大きく上方に跳ね上がる。だが、強靭な体幹を持つラッセルは、すぐに剣を引き戻し、勢いそのまま振り下ろす。

「おりゃああ」

「よっと」

俺はバク転してラッセルの攻撃を避ける。そして、少しだけ力を込めて剣を回廊の床面に向かって振るう。

スパンッ

剣を振るった延長線上が綺麗に切断され、橋型になっていた回廊が、半ばから崩れ落ちる。

「なっ……あ、足場が!?」

ラッセルの足場が崩れる。

「悪いなラッセル。俺は先に行ってる。まあ、生きてたら上でまた会おうぜ」

「お、オルトおおおお!! ぎゃあああああ!!」

ラッセルの足場は完全に崩れ、迷宮の下へと落ちていった。その間、ラッセルの断末魔が延々と木霊《こだま》していた。

「まあ、この程度で死ぬ奴じゃあねえからな……」

色々な場所でラッセルと戦ったが、雪崩に遭っても、海で溺れそうになっても、溶岩の煮えたぎる火山の中でも、ピンピンとしている奴だ。

高いところから落ちても問題ないだろう。案の定――。

オルトおおおお！　覚えておけえええ！　次は絶対に捕まえてやるからなあああ!!』

「いやあ……本当にしぶといなあ。あいつは」

俺は苦笑を浮かべつつ、ラッセルが第九〇階層に上がる前に、さっさと上を目指すことにした。

それからしばらく。上を目指してモンスターを斬り伏せて進んでいた俺は、遂に第九〇階層へと続く階段に辿り着いた――。

第一章

第九〇階層へ到達した俺は、少しだけ肩を落とした。

「なんかあれだな。あんまり、他の階層と変わんねえのな」

見上げれば硬そうな天井。階層全体を照らす太陽は、およそ一二時間でエネルギーを失う。そして、一二時間のエネルギー補充が行われ、再び稼働する。これが一日のサイクルであり、塔の世界の昼と夜。

「さて、まずは現在地だなっと……」

俺は第八九階層で手に入れた、この階層の地図を懐から取り出す。

現在地は第九〇階層の最南端。ここから、真っすぐ北上すると、俺の目的地である第九〇階層の首都フェルゼンだ。

聞いた話だと、フェルゼンに勇者養成学校があるというが……。

「レシアは……いるのかね」

所詮は騎士の言うことだ。どこまで信じられるか……だが、他に当てがない。

「しっかし、あれだなあ……。ちっとばかし、距離があるな。こりゃあ、歩いて行くには骨が折れそうだ」

何か足になるものがないか周囲を見渡す。

見渡すばかり草原で、動物どころかモンスターすらいやしない。

これはもう諦めて、歩いて行くかと考えたところで、上空から接近する気配を感じ取る。

空を仰ぐと、白亜の鎧に身を包んだ騎士が、ワイバーンに乗って空を飛んでいた。

見回りか何か分からないが、間の悪いことに騎士は俺を見つけて、こちらに向かって来る。

ワイバーンは俺の目の前で着地した。

「私は、ノブリス騎士団所属の騎士だ。貴様、ここで何をしている？」

ワイバーンに跨っていたのは女だった。青い髪を一つに結んだ綺麗な顔の騎士である。

普段なら、これだけ綺麗な女を前にしたのならデレデレとするところだが——俺は額に青筋を立てた。

「ノブリス騎士団……だと？　悪いが、俺は騎士様って人種がこの世で一番嫌いなもんでね。答えてやる義理はねえよ」

「なっ……貴様、なんだその態度は！　私は騎士であると同時に伯爵位を授かる貴族だぞ！　無礼な！」

言われなくても、貴族なのは知っている。ノブリス騎士団の構成員は、その全てが貴族だ。上層至上主義という、巫山戯《ふざけ》た思想を掲げた奴らの集まりだ。

何が騎士だ。笑わせるな。

「無礼？　ワイバーンの上から俺を見下ろして話しかけてる、あんたの方が無礼だろうがよ」

「ふんっ！　上層に住み、貴族位を持つ私が貴様よりも上に立つのは必然。見下されるのは、貴様が私より下だからだ。それよりも、その不遜な態度……許せぬな！」

女騎士は腰に携えていた剣を抜き、切っ先を俺の喉元へ向ける。

「おい、貴様！　今から泣いて謝るというのなら、打ち首で勘弁してやる！　でなければ、極刑にしてやってもいいのだぞ？　薬漬け、火炙り……さあ、楽に死にたければ懇願せよ！」

「死ぬことは確定なのかよ……。ったく、器の小さな女だな」

まあ、俺も人のことは言えないけど。

「ちなみに、あんた……自分が返り討ちに遭うって考えないわけ？」

俺が腰の剣を強調させると、女騎士は鼻で笑う。

「ハッ！　私は卓越した剣術、その実力でノブリス騎士団への入団を認められているのだ！　貴様如き下賤の民に負けるわけがなかろう！」

「なるほどな。まあ、女だろうがなんだろうが……剣を向けてきた時点で、死ぬ覚悟があるって解釈させて貰うぜ？」

「何を馬鹿なことを……まさか、この私に勝てる見込みがあるとでも？」

いつまでも下に見てくる。だから、騎士団の連中は嫌いだ。

「んじゃまあ、しっかりと構えておけよ。言いわけされても面倒だしな」

「戯言《ざれごと》を！」

女騎士は突き付けていた剣を、そのまま俺に突き刺してくる。俺は首を曲げて避け、がら空きの懐に一閃。女騎士の鎧を微塵に刻む。

「へ……？」

鎧を脱がされ、薄着な女騎士の姿が露わとなる。鍛えているのか、中々引き締まった体をしている。

女騎士は目を白黒させて呆然としている。

「まだやるなら、相手になるぞ？」

「なっ……な、舐めるな！」

女騎士は俺の挑発に怒り、ワイバーンの背から飛び降りる。そして、俺に向かって安直にも正面から挑みかかってくる。

「馬鹿正直なのは、ラッセルだけで十分だっての」

俺は女騎士が間合いを詰める前に、右手に握る剣を下から振り上げる。

振り上げた剣の軌道上に衝撃波が飛び、一直線に切断。衝撃がそのまま前進し、少し遠くに見えていた山を一刀両断する。

「かっ⁉」

女騎士には当たらないように放った一撃だったのでダメージはない。しかし、山が一刀両断されたのを見て、愕然としていた。

俺は剣を肩に担ぐ。

「で？　まだやるなら、次は当てるぞ？」

「ひ……ひぃいいいい!?」

女騎士は腰を抜かし、あそこから……っといかんいかん。

俺は女騎士の粗相を見なかったことにする。

「んじゃ、まあ、俺の勝ちってことで。このワイバーンは借りてくぞー」

俺は腰が抜けて動けずにいる女騎士を放り、ワイバーンの背に跨る。初めは俺が背に乗るのを拒んだワイバーンだったが、殺気を放ったら大人しくなった。

そうして、俺は首都フェルゼンを目指した。

※

ワイバーンを途中で乗り捨てた俺は、首都フェルゼンの関所にいた。この関所を通った先が、地図を見た限りではフェルゼンの下町だろう。

関所の前には、旅人や商人などによる長蛇の列が出来ていた。

「こりゃあ、いつまでかかるんだろうな……」

俺の心配通り、半日ほどが経ってからようやく俺の番が回ってきた。

関所でフェルゼンに来た理由を聞かれたので、「勇者養成学校に入るため」と言ったら鼻で笑われた。

そして、やっとの思いで中に入ることが出来た。

「ここがフェルゼンか……」

首都フェルゼンは、城を中心とした城下町だ。第一〇〇層を除けば、人類最大の都市だそうだ。この場所に、レシアがいるのだと思うと焦燥感に駆られる。

……焦ることはない。そう、自分に言い聞かせる。

「まあ、何はともあれここまで辿り着いたんだ。今日は色々あって疲れたし、宿に泊まって休むとするかな」

と、口にしたが時間的に休むには早いだろう。俺は宿屋を探す前に、勇者養成学校の下見をすることにした。

道行く人に勇者養成学校の場所を聞きながら、その前まで足を運ぶ。

「へえ……ここがそうか」

豪華な装飾が施された門構え。門を潜ると、綺麗に整備された煉瓦造りの道が通り、手入れの行き届いた芝や銅像などが道を彩っている。建物も複数あり、敷地だけでどれくらいあるのやら。

「無駄に金をかけてんのな。ここに使う金の少しでも、下層に回して貰いたいもんだぜ」

まあ、ここで愚痴ったところで何も変わらないけどな。

そのまま勇者養成学校を見ていると、

「そこで何をしていらして?」

「んあ？」

声をかけられた方に首を回すと、小綺麗な女が眼鏡をかけた男を率い、歩いて来ていた。

赤髪……いや、燃えるような紅蓮の長髪で、思わず見惚れてしまうナイスバディ。もし、俺にレシアという心に誓った女がいなかったら危なかったぜ……ふう。

「あんた誰だ?」

俺がそう言うと、後ろで控えていた男が明らかに顔を顰める。

「……人に名を尋ねるのなら、まずは自分からと申しますでしょう?」

「別にあんたの名前なんざ知らなくても困らねえな。だから名乗らねえ」

言うと、顔を真っ赤にした男が突っかかってくる。

「おい! 貴様! この方を誰だと心得るか! この方はな! 歴代最年少で勇者の称号を得た! 歴代最強の勇者――『紅蓮の勇者』エレシュリーゼ様であるぞ!」

「『紅蓮の勇者』? 知らん。誰だそいつは」

「かはっ!? え、エレシュリーゼ様を知らないだと!?」

俺が一蹴すると、男が目を丸くさせた。開いた口が塞がらないといった様子だ。

エレシュリーゼという女は、額に手を当てる。

「ええ、そうですわ。わたくしは、エレシュリーゼ・フレアム。あなた、わたくしを知らないとは、世間知らずですわね?」

「みんながみんな、あんたを知ってるって思うのは傲慢じゃないか? もしくは、自意識過剰か……」

「勇者とはそうあるべきものですもの。わたくしは、民から憧れを向けられる対象。むしろ、過剰なのが丁度良いのですわよ?」

俺の挑発も意に介さず、エレシュリーゼは不敵に微笑む。

なるほど、これが勇者か……。

勇者とは、勇者養成学校の学生から毎年選ばれる存在。役割は、主に人類未開拓の地である第一〇〇層より上の調査。そして、人類を脅かす魔族から守護する。

勇者の役割は、簡単にこの二つだけだ。

「聞いた話だと、ほとんどの勇者は養成学校の卒業生から選ばれるって聞いてるけど?」

見ると、彼女は制服と思われるものを身に纏《まと》っていた。恐らく、まだ在学中だ。

「ええ、ですから最年少なのですわ」

「ふうん……」

つまり、それほどの実力があるということだ。

だが、俺は興味がないので適当に頷《うなず》いた。俺の目的は、あくまでもレシアだ。

エレシュリーゼは笑みを浮かべたまま、

「あなた、ここにいらっしゃったということは入学希望者ですの?」

「ああ、そうだけど」

「となると、一足遅かったですわね。もう入学試験は終わっていますわ」

俺は眉を顰めた。

「おい、それ本当か？」

「嘘を言ってどうしますの？　試験があったのは、つい一昨日ですわ」

「……試験を受ける以外に入る方法はねえのか？」

「無いことはありませんけれど……。例えば、生徒会の推薦枠とか」

「生徒会ってなんだ？」

「簡潔に申しますと、学生達を纏める組織ですわね。ちなみに、わたくし……生徒会で会長というのをやらせて頂いておりますの」

エレシュリーゼは腕を組み、少し得意げに述べる。

なるほど、つまりなにか。この女の推薦を受ける必要があるってことか？

俺に、この女以外に生徒会とやらの知り合いは、言うまでもなくいない。

そして、この女の目的はまさしくそれだろう。

「ちっ……俺に何をやらせてえんだ？」

「察しが良くて助かりますわ。わたくしが、あなたを推薦するに当たって条件は一つ。身分証明だけですわ」

「名前を教えろってことかよ……。ったく、オルトだ。オルト」

「家名がないということは貴族ではないのですわね」

「だからなんだ？」

「いいえ。特には」

俺は少しだけ面喰らってしまう。いや、肩透かしというか。

大抵の貴族は、相手が格下だと分かれば見下してくるもの。見下されないというのは……新鮮な感覚だった。

まあ、後ろに控えている男は見下してきてるけど。

「あとは……そうですわね。何か犯罪歴はございますかしら？」

「犯罪歴……」

俺が目を逸らすと、エレシュリーゼは露骨に目を細めた。

「まさか、お持ちで？」

「……まあ、ちっとだけな。な、なんだよ……犯罪者は入学できねえってか？」

「いえ、養成学校は実力があり、しっかりとした身分証明が出来れば入学を許されていますわ。だから、中には柄の悪い生徒が数名いらっしゃるのですけど……。しかし、あなたは普通に入学するのではなく、わたくしの推薦で入るのですわよ？　つまり、わたくしが後見人、後盾になるということなのですわ」

確かに、そうなるとエレシュリーゼに迷惑がかかるわけか……。

と、ここで再び男が突っかかって来る。

「エレシュリーゼ様！　なぜこのような貴族でもない下賤な男を推薦なさろうとするのですか！　しかも、前科のある者など！」

「……そうね。ねえ、オルトさん。何か持ってないのでしょうか？　ここに来たということは、自分の身分を後盾するものを持っていらっしゃるのでしょう？」

「ん？　ああ、そういえば……」

俺は思い出し、懐から例の羊皮紙を出す。八年前に騎士から貰ったものだ。

それをエレシュリーゼに渡す。エレシュリーゼがそれに目を通している間、男がうるさかったが無視した。

「これは……なるほど。いいでしょう……わたくしがあなたを推薦致しますわ」

「エレシュリーゼ様っ!?」

エレシュリーゼは渡した羊皮紙から目を外し、不敵に笑いながら言った。

「お、本当か。いやあ、助かるわ」

「いえ、別にいいのですわよ」

「ええー!?　え、エレシュリーゼ様!?　なぜです!?　なぜこんな男を推薦なさるのですか!?」

「うるさいですわ。貴族なら上品な振る舞いをなさい」

エレシュリーゼが叱責したが、男の不満は絶えない。

「納得できん！　貴様！　一体、どういう手品を使ったのか知らんが、栄光ある勇者養成学校に下賎の民が入れると思うなよ！　この俺が世の中の厳しさを叩き込んでやる！　この俺と戦え！　俺に勝ったら入学を認めてやろう！」

「……愚かな」

男は俺と戦うつもりらしい。宙に手を翳すと、槍が生成され、それを手にして構えた。

魔力で作られた槍だ。普通の槍よりも硬く鋭いことが、見た目の光沢から窺える。

「へえ？　俺とやるのか？」

喧嘩を売られて思わず買いそうになったが、俺は剣を抜くのをやめた。

そういえば、ここに来てから戦ってばかりだ。ラッセルとか、モンスターとか、あと騎士。

今日のところは、あまり戦いたい気分ではない。

俺が剣を抜くのをやめたからか、男が挑発を繰り返す。

「おい！　どうした！　怖気付いたか!?」

「声を張り上げて……はしたない。それでも貴族ですか？」

「エレシュリーゼ様！　なら、どうしてこの男を推薦したのかお教え下さい！　でなければ納得できません！」

「どうして？　答えは簡単でしょう？　これからの、人類の未来を考えれば——彼ほどの実力者は必要不可欠ですわ」

エレシュリーゼの言った意味が分からないのか、男が首を傾げる。

「ど、どういうことですか！」

「オルトさんを見ていれば、分かるでしょう？　相当な手練れですわよ」

面と向かって言われると、少し照れるな……。

俺は照れ隠しに肩を竦めてみせた。エレシュリーゼはクスクスと笑う。

「なんでそう思ったのか、理由を聞いてもいいか？」

「だって、あなた……自分が強者であることを隠そうともせず振舞っているでしょう？　歩き方や身に纏う気迫。見る人が見れば、分かるでしょう」

「そういうもんかねえ」

「そういうものですわ」

男は、俺とエレシュリーゼの会話の意味が分からないのか、構えた武器を引っ込めない。

「こんな下賤の民が強いはずありません！」

「……わたくしの裁定が間違っていると？」

「そ、それは……！」

どうやらエレシュリーゼの機嫌を損ねたらしい。

エレシュリーゼは底冷えする眼差しを男に向ける。文字通り射殺すような殺気が込められている。

「わたくしからすれば、あなたのような下級貴族は相手にもなりませんのよ？　全く、能無しが生徒会役員にいるとは嘆かわしいですわ……。今日を持って解雇です。直ちに去りなさい」

「え、あ、は……!?　な、なぜです!?　俺はあんなに忠誠を尽くしていたというのに！」

「忠誠？　わたくしが、あなたが何をしているのか知らないとでも？　あなた、平民の学生に対して散々な暴力を振るっているそうですわね」

「そ、それは……へ、平民なんて下賤の民がどうなろうが問題はないかと」

「わたくしは、全ての学生を平等に扱うと宣言していますわ。あなたの行動が、わたくしの評判を貶《おとし》めていることを自覚なさい」

男は口を噤《つぐ》むが、それでも納得できないらしい。

再び俺に武器を向けてくる。

「く、くそ……！　平民なんてどうなろうが別にいいだろうが！」

「んあ？」

八つ当たりか、頭に血の登った男は俺に向かって槍を突く。それを避けようとしたところ、エレシュリーゼが間に割って入り、槍を素手で止めた。

「……愚か過ぎる！」

エレシュリーゼは止めた槍先を引き寄せ、勢い良く前蹴りで男を蹴り飛ばす。

「ごはあ⁉」

吹き飛んだ男は口から血反吐を吐き散らしながら、数百メートル先に見えていた壁に衝突し減り込む。

エレシュリーゼは長い髪を払うと、こちらを振り返る。

「お見苦しいところをお見せ致しましたわ」

「いやあ、別に。つーか、養成学校って、あんなのばっかしかいないわけ？」

「いいえ、善良な学生もたくさんいらっしゃいますわ。しかし、どうしても……今の体制下ではあのような輩が湧き出てしまうのですわ……」

エレシュリーゼは自嘲気味に笑う。

「ああ、たったいま生徒会役員の枠が一つ空きましたの。入学したら、生徒会に入りませんこと？　歓迎致しますわ」

「いやあ、遠慮させてもらうわ」

「そうですの……残念ですわ」

などと言っているが、ただの冗談だったのは見て取れた。

俺は溜息を吐きつつ、入学に当たって必要なことをエレシュリーゼから聞き出す。それから、エレシュリーゼと別れ、適当な宿で一晩過ごした。

※

俺がフェルゼンに来てから、三日が経過した。

エレシュリーゼから聞いた話に間違いがなければ、明日が勇者養成学校の入学式典だ。

入学してからは寮で生活することになる。本当なら、入学の決定している生徒達は入寮を済ませている時期だそうだが——まあ、俺が入学することになったのはつい先日だ。寮に入るにしても、色々と手続きがあるそうで、全てエレシュリーゼが済ませてくれるというので気長に待つ。

「さて、今日は街でもぶらぶらしてくるかな」

暇を持て余した俺は、宿を出て、足に任せて街を探索することにした。

大きな都市というだけあって、人が多い。ほとんどが、中層か上層の人間だろうか。

塔の世界は、大まかに下層と中層、上層で分けられている。ざっくり、第一から第二〇階層が下層。第二一から第七〇階層までが中層。残り第一〇〇階層までが上層という具合だ。

「俺みたいな下層の民が、こんな上層にいるはずもねえよな」

強いて言えば、レシアがいるか。

そんなことを考えながら、俺はふらっと武器屋に立ち寄った。

立派な武器屋で、剣に弓や戦鎚など幅広い武器が置かれている。

「おや、いらっしゃいませ。ここはベルパの武具店です。何かお探しですかな、剣士様」

「ああ、いんや。ちょっくら、立ち寄っただけで、欲しいもんがあるわけじゃねえんだけどよ」

「なるほど……。しかし、その剣は見るからに錆びていますし、買い換えた方がよろしいのではないですかな？」

言われて、鞘に収まった愛剣に目を落とす。持ち手も大分汚れ、使い古されている。手入れはしているが、経年劣化はどうしようもない、

「まあ、かれこれ三年目だからな……」

しかも、これ拾った剣だし。

「予算がおありでしたら、どうですかな？　是非買っていって下さいな」

「ったく、商売上手だな？　そうだな……金はそこそこあるし、丁度良いから買い換えるかな……っと」

懐から金袋を取り出すと、店主はお辞儀した。

「ありがとうございます。では、剣士様にあった剣を選ばせていただきましょうぞ！」

「別にそんな張り切らなくても……まあ、頼んだわ」

俺は店主に任せることにした。

しばらく、店内を見て回ると店主が一振りの剣を持ってきた。見たことのない造形で、曲線を描いたそれは、どこか美しくも感じる。

「剣士様、これなんていかがですかな？」

「なんだそりゃあ？」

「これは刀と呼ばれる武器で、一般的な『叩き斬る』剣と違って『引き斬る』ということに重きを置いたものです」

「刀ねえ……」

俺は店主から刀を受け取り、軽く振ったり、刀身を眺めたりする。

なるほど……中々良い。格好良いし。

「へえ……ちょいと試し振りしてきていいか？」

「ええ、どうぞ」

俺は店主に断りを入れ、店の外に出る。外に出ると、空が曇っていた。

「これは一雨降りそうですな……」

一緒に外へ出てきた店主が呟く。

俺は肩を竦める。

「そうだな。まあ、これから晴れるから大丈夫だろうさ」

「……それはどういう？」

俺は言いながら、刀を右手に肩へ担ぐ。そして、溜めの後に、空に向かって刀を振るう。

空を切った刀は風切り音すらなく、切っ先は地面につく寸前で止まる。

刀を振るった衝撃で生まれた爆風は、その延長線上に飛ぶ。質量を持った爆風は嵐が如く突き進み、空を覆う雲を吹き飛ばした。

ドゴオンッ！

落雷にも似た轟音が街全体に広がるのと同時に、雲に遮られていた陽の光が街に降り注ぐ。

俺は雲が散ったのを見届け、口をポカンと開けたまま呆けている店主に言った。

「気に入ったぜ。この刀っての買うことにしたよ。いくらだ？」

「え、あ、は、はい！　ただいま計算致しますぞ！」

正気に戻った店主は慌てた様子で店に戻る。

俺は店主が戻って来るまで空を仰ぎ見る。

「んー……良い天気だな」

※

刀を購入した翌日。

朝、ゆらりと目覚めて時間を確認した俺は目を疑った。

「……あ、寝坊した!?」

俺はすぐに出る準備を済ませて勇者養成学校へと急ぐ。時間的に、式典は始まってしまっているはず!

「入学早々に悪目立ちするのは勘弁だなあ！」

もう遅いけど！

走って勇者養成学校の前まで行くと、人影が見えた。誰かと思えば、エレシュリーゼだった。

「おう、何やってんだ？」

「いえ、それはこちらの台詞ですわよ。遅刻ですわよ？」

「悪い。寝坊した……」

「全く、先が思いやられますわ」

「め、面目ねえ……」

刀という新しい得物に気分が高揚してしまい、ついつい街の外にいたモンスター達を相手に、試し斬りをしていたら……寝る時間がなくなってしまった。

「とにかく、式典はもう始まっていますわ」

「そっか。あんたはこんなところにいてもいいのか？」

「わたくしは、代表挨拶が終わりましたので。まだ、これから新入生挨拶や夜会が行われる予定ですので、そちらにはご参加を」

「ああ、何から何まで悪いな。んじゃ、行くわ」

「少しお待ちを。式典に武器を持ち込むのは目立ちますわ。わたくしが預かりますわ」

「ああ、そうか。悪いな」

俺は刀をエレシュリーゼに預けて、式典会場へ歩を進めようと――。

「会場は、そちらではございませんわよ……」

「あれ……」

ちっ……ここ広すぎるんだよ！

エレシュリーゼに道を聞いて会場に着くと、巨大な会場で多くの学生達が椅子に座り、壇上を見ている。

俺はこっそりと適当な席に座ったが、周りから奇異の視線を向けられた。

とりあえず、椅子に腰掛けて一息吐く。

「それでは、次は新入生代表挨拶。代表は登壇して下さい」

司会の進行に合わせて、新入生の中から一人、壇上へと向かう。

見ると、女だった。長くて綺麗な金髪をしていて、すらっと長い手足と身長。とにかく、全体的なプロポーションの良い女だった。

「ん……ありゃあ」

壇上に上がった女は、遠目からでも良く分かる美人。いや、問題はそこではない。

俺はスッと目を細める。

「それでは新入生代表――レシア・アルテーゼさん。挨拶を」

「――はい」

レシア――その名前を聞いて、俺の額に青筋が立った。今すぐにでもここら一帯を吹き飛ばし兼ねないほどの怒りが生まれる。

名前を聞く度に、八年前に感じた後悔や憎悪を思い出す。

「私は新入生代表、レシア・アルテーゼです」

レシアは壇上の上で、よく通る澄んだ声で言った。

そうだ、あそこにいるのは間違いなく……八年前に連れ去られたレシアだ。俺が見間違うはずがない。

「八年経って、また偉く美人になりやがったなあ……あいつは」

今すぐにでも、あの壇上の前へ行きたい。だが、その気持ちを噛み殺して素直な感想を述べる。

というか、アルテーゼってなんだ？　あいつは俺と同じ下層の民だから家名なんざ、大層なものは持ち合わせていないはずなんだが……。

「まず、私から一言。私は、あなた達と馴れ合うつもりはありません。同級生も上級生も、等しく競い合う敵です。そして、私が勇者となる踏み台です」

レシアの一言で静寂を保っていた会場が騒めき出す。中にはレシアに罵声を浴びせかける輩もいたが、レシアの刃が如き視線に射抜かれ、一瞬で会場が静まり返る。

「……この場所にきたからには、私は必ず勇者になります。そのための努力をすることを誓います。以上です」

簡潔な挨拶であったが、迫力があった。勿論、「女の癖に」だとか「生意気言うな」だとか、こそこそと言っている輩は大勢いるが、誰も声を大にすることはない。

「……あいつ、この八年で何があったんだろうな」

身に纏う気迫が段違いだ。相当な鍛錬を積んだ証拠だ。恐らく、この場にいるほとんどの人間は、レシアに勝てない。

「…………」

壇上から泰然と降りるレシアを、俺は片時も視線を切ることなく見つめ続ける。

ああ……可愛いなあ……。っと、違う違う。そうじゃないだろ、俺……。

「まずは、どうにかしてレシアに近づかんとなあ……」

まあ、いずれ機会はあるだろう。なんだったら、これからあるという夜会にでも声をかけられるかもしれない。

「あれ……？」

なんか、そう考えたら緊張してきた……！

※

しばらくして式典が終わり、夜会まで二時間ほどの暇が出来た。

エレシュリーゼの遣いが来て、入寮の手続きが滞りなく終わっているというので、急いで寮に行く必要もない。

夜会まで手持ち無沙汰だ。

「どうすっかなあ……」

折角だし、この無駄に広い学校の中でも見て回ろうかと思ったところ、

「見つけたぞ！　オルト！」

「んあ？」

声が聞こえたので見上げると、数ある建物の屋根上に、ラッセルが制服姿で立っていた。

いや、なんであんなところにいるんだ。あいつは。

ラッセルは「とう！」と、中々の高さがある屋根から飛び降り、俺の前に何事もなく降り立つ。

「はっはっはっ！　貴様がこの勇者養成学校に来るのは、前情報から把握済みだ！」

「それでてめえも新入生として入学したのか？　一体どんな手口を使いやがった？」

「公務だと言えば経費がおりる上に、学校側には俺の実力を見せれば問題なかったからな！入学に関しては然程《さほど》難しくはなかったぞ！」

まあ、確かに。俺も入学には苦労しなかったわけだからな。俺に出来てラッセルに出来ない

ことは、そうそうない。

「ったく……。わざわざ、そんなことまでして俺を捕まえに来たってことか？　てめえは本当に熱心だな」

「と、思うであろう？」

ラッセルは肩を竦める。

「ところがどっこい、俺はここで貴様を捕まえるつもりはないのだ！」

「は？　そりゃあ、どんな風の吹き回しだ？」

「ふっ……貴様、一年前に第五二階層で会った時から、ずっとこの第九〇階層を目指していたのであろう？　一体、どこから登ってきているのかは知らんがな」

ラッセルの問いには答えなかった。しかし、お見通しだとばかりにラッセルが続ける。

「貴様は犯罪者だが、悪い奴ではないからな。だから、貴様がここでの用事を終えるまで、俺は貴様を捕まえようとはしない」

「ラッセル……。いや、俺はありがてえけどよ。そんなことしてもいいのかよ？」

俺が尋ねると、ラッセルは得意げに笑った。

「はっはっはっ！　法を守ることばかりが俺の正義ではないのだ！　それに、今の体制下では法を守るだけでは、俺の正義を貫くことは――正直言って難しいのでな」

ラッセルは自嘲気味に笑う。

「てめえ……良い奴だな。てめえとは、いい友達になれそうだぜ」

「勘弁してくれ。俺と貴様はライバルである。友達なぞ、馴れ合う気はないのだ！　はっはっはっ！　まあ、俺の事情を差し引いても、今は貴様を捕まえることはできんがな」

「どういうことだ？」

「ん」

ラッセルは徐《おもむろ》に、一枚の書状を見せてくる。

内容は、俺の罪を全て免除するという旨が書かれていた。下の方に、エレシュリーゼ・フレアムの名前がある。

「こりゃあ、あの女に借りができちまったなあ……ったく」

「はっはっはっ！　まあ、そういうことだ。この書状の効力がある限り、貴様は俺以外からも狙われることはない」

「じゃあ、なんでてめえはわざわざこの学校に入学したんだ？」

「まあ、単純に興味があったという感じだ。公務だと適当に言っておけば、本部から経費がおりるしな！」

こいつの正義って、一体なんなんだ……？

かなり怪しく思えてきたが、今はとにかくラッセルが良い奴だったことに感謝するばかりだ。

ラッセルは書状を懐に仕舞うと、

「それで、貴様がなぜ勇者養成学校に入ったのか聞いてもいいか？　勇者になることが目的なのか？」

「そんな崇高なことを考える奴に見えっか？」

「いいや、全く！」

この野郎。しかし、事実なので特に言い返せない……。

「まあ、そうだな……。簡単に言うとだ。惚れた女がいるんだけどよ。俺、そいつと離れ離れになっちまったんだ。んで、別れる時に告白もしてねえもんで、未練タラタラでよ。だから、そいつに、告白するために来た」

「ほう？　惚れた女を目指してか……中々、複雑な事情がありそうだな」

「いいや、今かなり端折って説明したからそう聞こえるかもしれねえけど。実際、すげえ単純な話だぜ」

「つまり？」

「俺が情けねえってこったな」

ラッセルは「それは単純にして明快だな！」とのたまった。

「はっはっはっ！　まあ、貴様なりにこの学校でやることがあるのなら頑張れ！　俺はせいぜい、惚れた女に振り回される貴様を見て笑ってやることにするぞ！」

「うるせえやい……」

とりあえず、俺の罪は免除されて、一番厄介であったラッセルに追われることはなくなった。ちょっとした弱味は握られたが——元々、ラッセルとは仲良くなりたいと思っていたのでよしとする。

※

夜会が始まった。

豪華な装飾の会場には新入生が多くいる。中には、上級生もいるが……数は少ない。

少し辺りを見回すと、ラッセルの姿が目に入った。貴族の女共に囲まれており、モテモテな様子だ。

まあ、顔も性格も良いからな……。将来、有望株なのは間違いない。

ラッセルから視線を外し、レシアを探す。

レシアも人に囲まれているが、人の集まり方が尋常ではない。新入生挨拶で啖呵《たんか》を切った割には、かなりの人気だ。

「こりゃああれだな。落ち着いて話せる雰囲気じゃねえな……」

いや、別にビビってるわけではない。うん。ちょっと、タイミングを逃しているだけだ。うんうん。

と、そんな言いわけを心の中で吐いていた折、声をかけられた。

「夜会はお楽しみ頂けておりますか？　オルトさん」

「んあ？　エレシュリーゼか。まあ、ぼちぼちだな」

声をかけてきたのはエレシュリーゼだった。相変わらず、人を侍らせており、今回はかなり人数が多い。

後ろにぞろぞろと纏わりついている奴らもそうだが、会場の新入生や上級生達は、エレシュリーゼが俺に話しかけたことにぎょっとしている。

「ふふ……この夜会は生徒会が主催しておりますの。お楽しみ頂けているのでしたら幸いですわ」

「ああ、それより、なんか妙に視線を感じるな」

「わたくしが話しかけているからではないでしょうか？」

「エレシュリーゼに話しかけられるとなんかあんのか？」

「まあ、わたくしと友好関係にあると周りには分かるでしょう。わたくしと友好関係を築いていると知れば、きっとみなさん興味を示すことでしょう」

「また自意識過剰なことだな」

「仮にも勇者ですから」

エレシュリーゼは不敵に微笑む。

まあ、目立ってレシアから気づいてくれるのなら、願ったり叶ったりだけどな。

「おい、あの男……」

「ああ、エレシュリーゼ様と対等に話してる……」

「王家の人間とか？」

「いや、あんな黒髪黒眼の王族聞いたことない」

と、そこかしこから俺についての話題が上がっている様子だ。

レシアの方に目を向けるが、相変わらずの人集りだった。特に変化は見られない。

「こりゃあ、向こうからは気づいてくれねえかな」

「……？　何かおっしゃいまして？」

「いんやあ、何でもねえよ」

「そうですか？　それでは、わたくしは挨拶回りが残っていますので」

「ああ、じゃあな……っと。その前に、色々と手回ししてくれたみてえだな。ありがとな」

「いいえ、それでは」

エレシュリーゼは不敵に微笑み、優雅なドレスを一層キラキラさせて去っていく。

こりゃあ、何か面倒なことを要求されそうだ。

そんなことを考えながら、夜会はお開きとなった。

とりあえずのところは、特に進展なしと……はあ。

※

夜会の後、寮とやらに行った。

全て個室で、俺に与えられた部屋は男子寮の二階。ベッドが一つと、机や椅子が置かれた簡素な部屋だ。宿屋より豪華だ。

それから翌日。早速、学校が始まる。

今度は遅刻せず、真面目に登校して来ると、正面エントランスにクラス分けが張り出されていた。

「クラス分けなあ……。確か、勇者のお勉強はクラスごとに時間を分けてやるんだったっけか」

教員の数を考えれば、まあ、合理的な方法か。

クラスはAからFまであり、俺はFクラスだった。

とりあえず、教室まで足を運ぶ。道中、妙に周りから冷たい視線を浴びたが無視した。

教室まで着くと、どこか異様な空気を感じた。まず、扉がボロい。建てつけが悪く、明らかにここだけ整備がされていなかった。

「なんだ？」

俺は不思議に思いながらも扉に手をかけて開く。

教室内も扉同様にボロく、数ある机は脚が折れていたり、虫に喰われていたりなど、色々と悲惨だ。

「なんだこりゃあ？」

まさか全クラスがこの有様であるということは考え難い。となると、Fクラスだけだ。しかも、時間的に他のクラスメイトがいてもおかしくないが、誰もいない。

どういうことなのかと、俺のその疑問に答えるかのように背後から声がした。

「おら、そこを退きな！」

「んあ？　って、なんだあんた」

振り向くと、葉巻を口に咥えた男勝りな女がバットを肩に担いで立っていた。スタイルは悪くないが、いかにもガラが悪そうだ。

女は不機嫌そうな顔を、より一層濃くする。

「なんだとは失礼なガキだね。あたいは、あんたの担任教師だよ。名前はレオノーラ・アペンド。さあ、さっさと席に座りな！」

「座れつってもどこに座ればいいんだ？」

「どこでも構わないよ。どうせFクラスの生徒は、あんたしかいないんだからね」

レオノーラと名乗った女は、言いながら煙を吐く。

「どういうこったそりゃあ」

「そいつは今から説明してやるよ」

そう言うので、俺は言われた通り、とりあえず適当な席に座った。

レオノーラはそれを見て教壇へ上がる。

「さて、改めてあたいがFクラスの担任。レオノーラさ。で、続きだけど。このクラスの学生はあんたしかいない」

レオノーラが言うには、このクラス分けはただのクラス分けではないらしい。入学試験時の実力順に、AからFクラスに振り分けられるというのだ。

つまり、Aクラスが一番優秀であり、Fクラスはダメな奴の吹き溜まりということだ。

「この学校じゃあ、Fクラスの扱いは酷いからね。まあ、階級社会の縮図みたいなところさ。下は虐げられる。それだけさ」

「面白くねえなあ、そりゃあ」

「だが、それが現実。そんなわけで、毎年Fクラスの学生達は一人残らず入学の前に辞めるのさ。だから、今年は担任を持たなくて楽できそうだったってのに……あんたが残ってるからね」

「ああ、悪いな。レオノーラ。俺は辞めるつもりねえよ」

「だろうね……全く。本当はあんた、最初はAクラス行きが確定していたんだ。どんな手を使ったか知らないけど、あの『紅蓮の勇者』と顔見知りなんだろう？」

俺はレオノーラの問いに頷く。

「ああ、しっかし、最初はAクラスだったのか。俺は入学試験受けてねえのに？」

「あのエレシュリーゼ・フレアムの推薦だよ？　無条件にAクラスに決まっているだろうさ。だけど、途中でこんな情報が舞い込んで来てね。あんたは一気にFクラスまで降格さ」

レオノーラは俺に手紙を差し出す。開けて中を確認すると、俺に関することが書かれていた。

「オルトなる学生は第一階層の出身……か。よく調べたもんだなあ」

「ああ、その手紙が投函されて学校側が調査した結果、事実だった。幾らなんでも、エレシュリーゼ・フレアムの推薦とは言え、最下層出身をAクラスに無条件に入れるとなると、学生達が色々と勘繰りを入れて面倒になる。だから、Fクラスに決まったのさ。ちなみに、情報提供者は、元生徒会役委員の——」

どうやら、あの時エレシュリーゼの傍にいた眼鏡が逆恨みでやったことらしい。

「ふうん……まあ、どうでもいいけどな。むしろ、こんなでかい教室を独り占めできんのは、中々悪くねえ」

俺が不敵に笑いながら言うと、「ポジティブだねえ」とレオノーラは葉巻を吸う。

「ああ、そうそう。Ｆクラスは特に授業はない。好きにしな」

「そりゃあまた自由な学校なことだな」

「ゴミ溜めに金をかける必要はないってことさ。まあ、あんたが何を目的にこの学校に来たのか知らないけどね。面倒な貴族には目を付けられないことだね」

レオノーラはそれだけ言うと、「じゃあ、あたいは仕事に戻るよ」と教室を去って行った。

古びた教室に残された俺は、しばらく頬杖をついたまま窓の外を眺める。

「んーあれだな。まずは、掃除でもするかな」

数分後、雑巾やバケツ、箒などの掃除用具を一式借りてきた。そして、三角巾とエプロン、マスクを着用。

うし……準備万端！

「さてと……やるかあ！」

どうせボロい設備だ。俺が何をどうこうしようと、どうせ何も言われない。何か言われたら、エレシュリーゼに借りを作っておけばなんとかして貰えるだろう。後で精算する時に怖いけど……。

俺は机や椅子を外に出す。

Ｆクラスは一階の端にあり、窓を開けるとすぐ目の前は雑草だらけの庭だ。机や椅子を置いても、苦情を言われることはない。

さらに俺は、特殊な身体技法を用い、無音で作業を行う。一切の音を立てずに教室内の清掃を遂行する。

「塵と埃は箒で掃いたし、床は雑巾で拭き終わったな」

後は、底が抜けそうな床や脚の折れた椅子と机の修繕だな。

材料を集めるために庭へ出て、手頃な木を刀で切り倒し加工する。

そうして、色々と追及して行った結果——俺だけのマイクラスルームが完成した。

「ふっ……我ながら天才的だな」

俺は粘土を焼いて作ったお手製の茶器を使い、庭で採取した茶葉でお茶を淹れる。

椅子には、先ほど街の外で狩ってきたモンスターの毛を刈り取って作ったクッションが敷かれ、お茶菓子にクッキーを作ってみた。材料はモンスター製で無料だ。

俺は椅子に胡座を組んで座り、お茶を啜《すす》りながらクッキーを食べる。

そんな優雅なひと時を過ごしていると、

「おい、まだいるかい？　って、なんだいこれは⁉」

様子を見に来たらしいレオノーラが、教室の変貌ぶりに驚愕して目を丸くさせている。

「ちょっと手を加えただけだ。我ながら天才的だよな？」

「ちょっと⁉」

それからレオノーラにもお茶とお茶菓子を用意し、一緒に一息つく。

「たったの三時間足らずでこれだけよくもまあ……いやあ、それにしても美味しいお茶だね。このクッキーも……甘すぎず苦すぎず」

「甘くしても良かったんだけどな。甘いクッキーは焦げやすくて、焼くには難しい。まあ、俺にできんのはこんなもんかね」

「いやいや、十分過ぎる……。しかも、クッションやら何やら。あんた、勇者じゃなくてこっちの道に進んだらどうだい？」

「その気はねえよ。まあ、用事が終われば、それも有りかな」

レシアと結婚したら、そういう店を開くのもありかもしれない。振られるかもしれないけど……って、

「あ」

俺は大事なことを思い出す。

そういえば、俺……レシアに会いに来たはずなのに、一体何をやっているのだろう……。

※

入学してからレシアと何事もないまま、一週間が過ぎ去った。

レオノーラの言った通り、Ｆクラスは特に授業などなく、とにかく退屈で仕方がない。なん

で作ったんだ。

　このFクラス行きに関しては、エレシュリーゼが直々に教室まで謝罪に来た。その際、俺が改造した教室を見て目を丸くさせていたのは余談だ。

「本当に申しわけありませんわ……」

「いんや、仕方ねえよ。これが階級社会だ。気にすんな」

「ですが、このわたくしの推薦だと言うのに、この扱い。わたくしの顔に泥を塗ったも同然ですわ。わたくし、かなり怒っていますの」

　エレシュリーゼが言うには、勇者で貴族なエレシュリーゼでさえも力が及ばない権力による圧力がかかったのだという。その辺りの詳しい話は、レオノーラに尋ねた。

「ああ、その話かい？　あんた、四大勢力は勿論知ってるかい？」

「知らん。なんだそりゃあ」

　レオノーラは呆れながらも教えてくれた。

「まずは、第一から第一〇〇階層──人類生活圏と呼ばれる階層を統治する王家だね」

　それから、元々はその王家を守護するために結成されたノブリス騎士団。現在は、王侯貴族が権力を持ったことで独立した勢力となったらしい。

　三つ目は、評議会。司法や政治の中枢で、王家と共に人類生活圏を維持する役割を持つという。

　最後に、叛逆軍。今の体制をよしとせず、武力を持って王家や評議会を相手に戦争を仕掛けている反抗組織だ。

「王家、ノブリス騎士団、評議会、叛逆軍……これが人類生活圏を四分する四大勢力さ。エレシュリーゼ・フレアムは公爵で、王家の勢力に属しているわけだ。今回、圧力がかかったのは評議会だろうね」

「へえ……」

色々と面倒臭いということは理解した。

そんなこんなで、レシアに関して進展を得られていない、今日この頃である。

「はあ……いや、本当にどうっすかなあ」

タイミングを見計らってレシアのいるAクラスへ行ってみたが、いつも人に囲まれている。とても話しかけられる雰囲気ではない。

いっそ、無理にでも声をかけるか……。でもなあ……なんかこう……緊張しちゃって、声がかけられない。

「だあああ！　なんで俺はこんなにチキンになってんだあああ！」

俺は頭を抱えた。

そうだ。俺は単純に、幼馴染に会いに来ただけだ。そして、そう。普通に？　さり気なく？　声をかけるだけ？

そうだ。うん。普通。普通に、「よお、久しぶりだな」でいいじゃないか。

「よし、今度こそ……！」

俺は拳を握り、決意を新たにAクラスへ向かう。

既に、俺が第一階層出身であることは学校中に知れ渡っている。そのため、廊下を歩けば嘲笑を含んだ視線を向けられる。もはや、清々しい。

「つーか、レシアはこのこと知ってんのかね……」

レシアだって第一階層の出身だ。この学校に、自分と同じ第一階層の出身がいると知れば、気になってもおかしくなさそうだが……。

「まあ、入学式典の時に、あんな啖呵切るような奴だからな……」

興味がない可能性も十分に考え得る。

しばらくしてAクラスの前までやって来た。

気配を殺し、扉の隙間から教室の中を覗き見る。どうやら、まだ授業中らしく、背筋を綺麗に正して座るレシアの姿が目に映る。

「いやあ、いつ見ても可愛い……って」

おい、これ俺のやってること……ストーカーじゃね？

俺は一人哀しい気持ちになり、とりあえず出直すことにした。

教室棟の屋上で黄昏ながら、無駄に明るい太陽を眺める。

「はあ……惚れた女に、会いに来たってのに。なんだよこのザマはよ」

俺は自分を罵倒する。いや、本当に情けなさ過ぎる。

ふと、溜息を零した時だった。屋上から見下ろせる場所に、人気の少ない裏庭がある。そこに複数の学生が、一人の学生を取り囲んでいるのが見えた。

見れば、囲まれているのは女子学生だ。囲んでいるのは男子学生で、女子学生の四肢を抑え込んでいる。そして、男子学生達は徐に自身のズボンのベルトを外す。

「強姦か？　中層の時、人攫いとか強姦とか、治安の悪い街に行ったことはあったけど。こんな上層でもあるもんなんだな……っと」

俺は屋上から裏庭に飛び降りる。

「ぐへへ、大人しくしとけばすぐに終わるからよ？」

「い、いや……！」

「へへ、暴れると父上に言いつけちまうぞ？　そしたら、お前みたいな平民の女、どうとでもできるんだぜ？　家族もな！」

「そ、それ……だけは……」

本当にどこまで行っても、貴族だの平民だの――。

「ったく、くだらねえな」

「ごあっ⁉」

俺は三人いた男子学生の内、一人を首筋に手刀を落として気絶させる。

残りの二人は、俺が突然現れたことに驚くが、すぐに威勢を飛ばす。

「な、なんだお前⁉」

「ぱ、パパに言いつけるぞ⁉」

「おう、言い付けてみろ。誰が相手だろうが、俺は逃げるつもりねえからよ」

言うと、男子学生達は俺が例の第一階層出身の学生だと気付いたのか、

「へへ、見られたからには生きて帰すわけにはいかねえな！」

「痛い目に遭いたくなかったら大人しくしやがれ！　そしたら、楽に死なせてやるぜ！」

制服を見ると、上級生であることが分かった。俺が第一階層出身ということも相まってか、俺に負けるなど微塵も考えていない様子。

「へえ……俺を殺すって？　まあ、やってみろよ。試しにな」

「ちっ……生意気な！　下層の民の分際で！」

男子学生の一人が俺に殴りかかって来る。俺はそれを避けずに受ける。

「あ、危ない……！」

襲われていた女子学生の声が聞こえた。その直後、男子学生の拳が俺の顔面にクリーンヒットする。

しばらくして、悲鳴を上げたのは――俺を殴った男子学生の方だった。

「いっ!?　いだあああああいいい!?」

男子学生は拳を抑えて地面に転がり、のたうち回る。

俺は種明かしのつもりで、

「ああ、そんな物理攻撃じゃあ俺の体には傷一つつかねえぞ？　『建御雷《たけみかづち》』っつー技でな。鍛錬を積むことで体得できる体術だ」

平たく言うと、体の一部分もしくは全身を鋼の硬度まで硬化させることができる。従って、下

手な攻撃では、拳だろうが剣だろうが、はたまた鉄砲だろうが大砲だろうが——一切ダメージを与えることができない。

「つーわけで、てめえらごときじゃあ俺に勝てねえよ」

「このっ！　『ロックランス』！」

残っていたもう一人が、俺に向かって魔法を放つ。初級土属性攻撃魔法『ロックランス』は、槍の形状に変化した岩を、目標に向かって飛ばす魔法だ。

岩の槍は俺の体に直撃するが、土埃を被っただけでダメージはない。

「ったく、新品の制服を汚すなよな」

「ひっ……！　ば、化物!?　『ファイアボール』!?」

ば、化物はさすがに傷つくんだが……俺は迫り来る火球を見つめながらそんなことを考える。

初級火属性攻撃魔法『ファイアボール』……目標に向かって火の玉を飛ばす魔法。

「おいおい、制服を燃やす気かよ……っと」

俺は刀の柄を握り、居合い一閃——『ファイアボール』を真っ二つに切断。分かたれた火球は、俺の左右を横切り、背後に着弾する。

ついでに、居合いの衝撃で放たれた爆風によって、男子学生を吹き飛ばし、壁に衝突させて無力化した。これで三人とも戦闘不能だ。

「よし、大丈夫か？　そこの女」

俺は襲われていた女子学生に声をかける。女子学生は口をパクパクとさせており、かなり気

が動転している様子だ。

水色がかった綺麗な髪をしており、波のようにウェーブがかかっている。サファイアの双眸で、中々の美少女だった。胸も大きい。なるほど……襲いたくなる気持ちが分からなくもない。

女子学生はしばらくの間、放心状態であったが、やがて我に返ると、

「あ、ああの……た、助けてくれてありがとうございます……」

「んあ？　別にいいってことよ。襲われている女の子を助けるのは、紳士の務めっつーかねえ」

少しだけ気障《きざ》ったらしく言うと、女子学生は気が和らいだのか小さく微笑む。

「あの……私、モニカ」

「ああ、俺はオルトだ」

「知ってる……。有名人だし」

「そりゃあ、嬉しいもんだな。良い意味じゃあねえだろうけど」

肩を竦めて言うと、モニカは苦笑を浮かべた。

「あの……是非お礼をさせて！」

「んあ？　お礼か……」

別に俺がムカついたから助けただけで、他意はないのだが……。ふと、彼女の制服を見てみると、俺と同い年で、しかも肩にはAクラスの紋章が付けられていた。

制服には各学年を表す胸の紋章と、肩にはクラスを表す紋章が刻まれている。

俺は口を歪ませる。

「お礼か……なら、ちょいと協力してくれ」

「きょう……りょく？」

「ああ、まあ、ここじゃあなんだし。つーか、襲われたばっかりなんだし、Ｆクラスに来いよ。ゆっくりできるぜ」

俺はそう言いながら、彼女に手を貸した。

※

強姦されそうになっていた女子学生――モニカをＦクラスに招くと、大層驚いていた。

「え、えと……なんですか。ここは……」

「ああ、同期なんだし、タメ口で構わねえぞー。とりあえず、ここに座ってくれ。今、茶を淹れてやるよ」

「え、あ、はい……じゃなくて、うん。あ、ありがとう……」

モニカは文字通り、ほけーっと教室をキョロキョロ見回している。

ふっ……この俺が施した天才的なリフォームに驚いているみたいだな！

「これ……私物化じゃ……」

「…………」

ぼそっと呟いたモニカの一言に、俺は目を逸らした。

とりあえず、口封じのためにお茶とお茶菓子をモニカに与え、共犯に仕立て上げたところで本題へ入る。

「さて、まずは、そうだな……。あの男達はどうする？　とりあえず、死刑か？」

「それは……どうせ、私は平民だし。あの人達、大貴族の子息だから、どうしようもないよ……」

「いや、そうでもないぞ？　俺、エレシュリーゼっつー公爵と顔見知りだからよ。多分、あの程度の輩ならちょちょいとやってくれんだろ」

ついでに、役に立つか知らないが憲兵隊所属のラッセルもいるし。

俺がそう言うと、モニカが目を丸くさせる。

「す、すごいんだね……。あのフレアム公爵令嬢様と顔見知りって噂、本当だったんだ」

「まあ、成り行き上？　俺、結構運が良くてな。ともかく、てめえが望むんなら、それなりの罪にもできるってえわけだな。どうするよ？」

「そ、そんなこと、急に言われても……」

まあ、確かに。だが、モニカの中に許せないという気持ちはあるようで、表情を暗くさせている。

まあ、あいつらの処遇なんて後でもいいか。

「すぐには答えられないってんなら、後にすっか。つーかよ、ああいうのって結構あんのか？」

「うん。やっぱり、この学校は貴族がたくさん通ってるから。平民いびりはよくあるよ」

「へえ……俺はいびられたことねえなあ」

冷めた視線は向けられるけど。

そう言うと、モニカは苦笑交じりに、

「えっと、オルトくんは一応、フレアム公爵令嬢様と顔見知りって噂だから……簡単には手を出せないんじゃないかな」

「ああ、そういうことか……」

なるほど納得。

俺は淹れたお茶を一口飲んだ。すると、モニカもティーカップをソーサーから取り、ゆっくりと口に含む。

「あ、美味しい……」

「お、そいつは良かった」

「これどういうお茶なの？　なんか、飲んだことない感じ……」

「ああ、自家製のハーブティーだ。そこの庭で作ってる」

俺は顎で育てているハーブを示す。授業がなくて暇なもんだからハーブを育てることにした。

モニカは困った表情を浮かべる。

「ええっと……いいのかな？」

「別に構わねえだろ。知らんけど」

何か言われたら適当にエレシュリーゼの名前でも出しておこうかな。

それから、お茶と菓子を飲み食いしながら歓談した後に、俺は口を開く。

「あ、あのよお……。モニカって、レシアと同じクラスだよな？」

「え？　あ、うん。アルテーゼ侯爵夫人……じゃないや。ええっと……アルテーゼ様とは同じクラスだよ」

「ある、てーぜ……ああ、レシアの家名か」

俺はレシアがそう名乗っていることに、未だ馴染みがなく理解するのに数秒を要した。

って、おやおや？　今、俺は何か聞き捨てならない単語をモニカから聞いた気がする。

「おい、その侯爵夫人ってのは……な、なんだ？」

「え？　アルテーゼ侯爵様の婚約者ってお話で、もう結婚するのは確定だろうって……だから、周りは侯爵夫人って呼んでるの」

「へえ、それで侯爵夫人か……」

俺は腕を組んで頷いた後、椅子を蹴り飛ばす勢いで立ち上がる。

「こ、婚約だあああ!?」

「ひゃあああ!?」

俺が叫び上がったからか、モニカが悲鳴を上げる。しかし、今の俺に気遣う余裕はない。

「おい、そりゃあどういうことだ!?　う、嘘だよな？　ったく、冗談きついぜ……」

「う、嘘じゃないよ……？　確か、王家とノブリス騎士団の友好関係を築くための結婚だって
……」

聞けば、レシアはノブリス騎士団に所属する勇者候補筆頭なのだという。

四大勢力の内、王家、ノブリス騎士団、評議会は、勇者を輩出してさらに勢力を増そうと画策しているという。だから、毎年それぞれの勢力から一人は尋常ではない実力を持った学生が送り込まれるらしい。

「王家は、フレアム公爵令嬢様以来、有望な勇者候補を出せてないし、騎士団も王家と友好関係を結ぶことで政治に関わろうとしてるみたい」

「な、なんだよ……じゃあ、政略結婚ってわけか？」

「うん。でも、二人は仲睦まじくしてるって噂が――」

「かはっ!?」

俺は心臓が持たず、その場に倒れる。

「わあああ!?　だ、大丈夫!?」

「馬鹿な……そんな馬鹿な……。れ、レシアが……レシアが結婚……はは……ははは」

「え、あ、え？　その……大丈夫？」

大丈夫なわけがない。

この八年間、レシアにそういう相手ができているかもしれないなんて、一切考えたことがなかった。だが、よく考えればあの顔だ。あんなに可愛いレシアに、男が寄り付かないわけがない！

「くそおおお！　俺の馬鹿野郎！　意気地なし！　アンポンタン！　俺がうだうだしてたせい

でレシアがあああ!?」

「ええっと……ねえ、オルトくんってアルテーゼ様とどんな関係なの？」

床に頭を抱えて転がる俺に、モニカが尋ねる。

平たく言えば、幼馴染。しかし、そんなことを言えばレシアが俺と同じ出身であることが周囲に知れ渡ってしまう。

そうなると、レシアに迷惑がかかってしまう。それは俺の本意ではない。俺は混乱してよく回らない頭でモニカの問いに答えた。

「……あー、あれだ。ちょっとした縁があってな。俺はレシアのストーカーをやってる」

「ストーカー!?」

この後、俺は自分が馬鹿なんじゃないかと猛省した。俺はモニカの誤解を解き、頭を抱えながら、

「くそっ……！　そうだ……レシアに確認するんだ！」

それが一番手っ取り早い！

俺はモニカに向かって、

「モニカ！　早速で悪いが協力してくれ！」

「え、あ、うん。何かな？」

「レシアに……放課後、教室棟の屋上へ来るよう伝えてくれ！」

俺はもう腹を括《くく》ったぞ！

も、もし……これでレシアが本当の本気で婚約者のことが好きなら――俺はその婚約者を斬るかもしれない。

※

放課後になってしまった。

モニカから、レシアを呼び出せたと連絡を受けた俺は、重い足取りで屋上への階段を登っている。

いやだなあ……。

「はあ……」

だが、男が一度腹を括ったのなら、逃げる道はない。しかしなあ……レシアに会った時、はたしてなんと言われるのだろう。

彼女は「久しぶり」と、昔みたいに笑ってくれるだろうか。

「…………」

とにかく、考えるだけで不安になる。

「やばい、腹あ痛くなってきたぜ……。脚も笑ってらあ……」

屋上が近付くに連れて、どんどん体調が悪くなってきた。まずい、このままでは真面にレシアと会話ができない。

「そ、そうだ……最初から面と向かって話すのは無理がある。まずは、顔を隠そう……」

この時、どうしてこんな発想に至ったのかはよく分からない。だが、顔を隠せば、割と行けるのでは？　という意味不明な自信が、俺にはあった。

俺は適当な紙で簡易的な面を作り、顔に貼り付けた。どこか犯罪者っぽく見えなくもないが……気にしたら負けだ。

「よし、少し緊張が和らいだぜ」

俺はそうして、ようやく屋上に到着する。

屋上に続く扉をこっそり開けると、既にレシアが待っていた。

屋上の手摺に肘をかけ、夕暮れ時の空によく映える金色の髪は、そよ風に吹かれて靡《なび》く。

「ああ……やっぱり、可愛い……じゃねえ。よし……」

俺は深呼吸した後に、扉を開け放ち、屋上に躍り出る。すると、俺に気づいたレシアが振り返り、その端正な顔を向ける。

「……あなたが私を呼び出したのですね」

「………」

レシアに声をかけられたが、俺は緊張してしまい思うように口が動かない。

そんな俺の様子に呆れたのか、レシアは溜息を吐く。

「それで顔を隠して変装でもしているつもりですか？」

———オルト

レシアは言葉の最後に俺の名前を呼んだ。

「……なんだ、バレてたか」

俺は申しわけ程度に被っていた面を外す。

「気づかれていないと思っている方が不思議です。私と同じ第一階層の出身で、名前はオルト。随分と有名になりましたね」

「まあな」

レシアは俺の学校での噂を聞いて、すぐに気づいたらしい。だが、俺と接触しようとはしなかった。それが何を意味するのか——。

彼女は憂いを帯びた目を俺に向ける。

「なぜ——私の前に現れたのですか。オルト」

「————」

紛れもなく、俺が恐れていた拒絶にも似た言葉。

いや、俺はこれを予期していたはずだ。レシアはこう言うだろうと、俺は分かっていた。だから、会いたいという気持ちとは別に、会いたくないと思っていた。

俺は肩を竦める。

「別に、てめえの前に現れたわけじゃあねえよ」

「……言い方を変えましょう。なぜ、第一階層から登ってきたのですか？　あのまま大人しく第一階層で過ごさなかったのは、どうしてですか？　もしも、私のためだというのなら——そんなこと、望んでいません。今すぐに帰って下さい」

　レシアの跳ね除《の》ける言葉に、俺は多少の苛立ちを覚える。

「あ？　何を勘違いしてるかと思えば、自意識過剰にもほどがあんぞ？　誰がてめえのためだっつったよ。俺は自分の意思で、ここまで登ってきた」

「なら、なぜ私に会いにきたのですか？」

「一応、幼馴染だからな。挨拶くらい、別に構わねえだろ？」

　ああ、俺は何をやっているのだろう。

　レシアに会って告白したかったはずなのに、売り言葉に買い言葉。

「……この八年で随分と変わりましたね。オルト」

「そいつはお互い様だろうがよ。レシア」

「あなたは、口が悪くなりました」

「それは昔からだ」

　言うと、レシアは首を横に振る。

「昔よりもずっと、悪くなりました」

「そうかよ……。てめえは、ちっとばかしうざくなったな。その喋り方とか、態度とかな」

「…………」

「…………」

　俺とレシアの間に沈黙が流れる。お互いに睨み合う中、俺はレシアの美貌に顔を背けてしまう。

落ち着け……俺。レシアと喧嘩をしにきたわけじゃないはずだ。

俺はとにかく話題を振る。

「ああーそういえば、てめえ婚約者がいるんだってな？　てめえが結婚とか、なんの冗談かと思ったぜ？　てめえみたいな女を貰ってくれる相手がいるとは驚きだぜ」

「っ……。ええ、とても素敵な相手です。どこかの誰かと違って」

「……っ。す、素敵ねえ……ほーん？　へえ？　なんだよ……好きなのか？」

「…………す、好きです。勿論」

「かはっ!?」

レシアが顔を赤くさせて言った瞬間、俺は吐血した。

あ、あのレシアがこんな顔を……！　し、しかも好きだと!?　勿論好きなの!?

レシアは頭を振ると、

「と、とにかく……もう私に関わらないで下さい！　そして、早く第一階層に帰って下さい！

オルトは……下層で幸せに――」

と、レシアが何か言うのを遮り、

「だあああ！　うるせえんだよ！　俺、ぜってえに帰らねえからな！　そんで……そんでもって……てめえの結婚式をぶっ壊してやる！　覚えてろよ！　このアンポンタン！」

「なっ……まだ婚約の話が上がってるだけで、け、けけ、結婚なんて先の――というか、誰がアンポンタンよ！　こら、待ちなさいよ！　オルトー！」

「うるせえ！　やーい！　お前の母ちゃんでーべーそー！」

「あたしのお母さん知ってる癖に嘘言わないで！」

それから数十分ほどだろうか、俺とレシアは幼稚な言い争いを屋上で繰り広げ、互いに肩で息をしていた。

「ぜえぜえ……無駄な体力を使っちまった」

「はあはあ……こっちの台詞よ。全く……」

いつのまにか、あの気持ち悪い口調ではなく素のレシアが目の前にいた。澄ました顔をしたレシアではなく、俺がよく知るレシアが――。

ああ、やっと会えた……。

「……お前、そっちの方がいいぞ。澄ましたてめえは似合わねえ」

「…………私は、もう、昔の弱い私と決別したのです。昔みたいには、なれません……」

レシアは取り繕い口調を戻す。

俺は頭をガシガシと掻く。

「ったく、素直じゃねえなあ」

「オルトに言われたくはありません……とにかく、私にはもう……会わないで下さい」

「断るってえの。誰がてめえの言うことなんざ聞くかよ」

「…………あなたという人は」

レシアは辛そうに前髪をくしゃりと握る。

と、その時だった。屋上に続く扉から、俺達を取り囲むように黒い人影が飛び出した。

人数は一〇人。黒ずくめの格好をしており、全員武装していた。

「んあ？　なんだこいつら」

「……評議会の」

レシアが呟くと、現れた黒ずくめの一人が口を開く。

「レシア・アルテーゼだな。貴様の命、頂く。そして、目撃者の男も殺せ」

そう言うと、黒ずくめが一斉に襲いかかってきた。

※

黒ずくめが襲いかかるのと同時に、俺とレシアは動き出す。

「ったく、突然襲いかかってくるったあ穏やかじゃあねえなあ」

「無駄口を叩いている暇があるのなら戦って下さい」

俺とレシアは黒ずくめの攻撃を避けながら会話する。

奴らの武器は小型の刃物だ。大振りなナイフといったところで、それを両手に装備し、素早い攻撃を繰り出してくる。

俺は『建御雷』で右腕の前腕を硬化させて攻撃を受ける。そして、左下腿を硬化させて黒ずくめの一人を蹴り飛ばす。

その際、金属質な音が響く。

「んあ？」

「どうかしましたか？」

「いや、蹴った時に変な感触しやがった。こいつら鉄みてえに硬いぞ」

「鉄……はあ！」

レシアも黒ずくめの一人に対し、顎に掌底を放って後退させる。

バックステップで黒ずくめ達から距離を取ったレシアは、手をヒラヒラと振る。

「確かに、些《いささ》か頑丈ですね」

「クールぶってっけど、本当は痛かったんだろ？」

「そ、そんなことありません。んんっ……お喋りはここまでにしましょう。ブリュンヒルデ――」

レシアが言いながら手を空に翳《かざ》すと、レシアの手の平に光が収束し、槍の形状を型取る。

レシアの手に現れたのは一本の槍。素槍に近い形状だが、刃の部分がどこか禍々しい気が――。

「お、おい……なんだその禍々しい槍」

「禍々しい……？　失礼な。この槍は、私が授かった神器です。神々しいと感じることがあっても、禍々しいなど……」

黒ずくめを無視して会話をしていると、黒ずくめ達が襲いかかってくる。

レシアは見たことのない槍捌きで黒ずくめの攻撃をいなし、槍を横薙ぎに払って一掃する。

俺も腰の刀を抜き放ち、黒ずくめ達を吹き飛ばす。一応、この後事情聴取をする必要があるため、殺すわけにはいかない。

殺さない程度に手加減しねえと……。

「多少はやりますね。オルト」

「てめえも中々の腕前だな。レシア」

ふと、吹き飛ばされた黒ずくめ達はゆらりと立ち上がったかと思うと、次の瞬間にその体を土塊《つちくれ》に変えた。

「んあ？」

「これは……土魔法のようですね。あれらは操られている人形というだけで、術者は別の場所にいます」

「なんだよ。んじゃあ、手加減する必要はねえわな」

「ええ、そうですね」

一〇人分の土塊は一つに合体し、巨大なゴーレムへと変貌する。

俺がそれを真っ二つに斬ろうとしたところ、先にレシアがゴーレムに向かって槍を突き刺した。

「はあ」

地面を抉《えぐ》って跳んだレシアは、勢いそのままゴーレムの体に風穴をあける。ゴーレムの動きは止まり、しばらくして土塊に還った。

「ふう……手応えがありませんね」

「まあ、ただの土塊だからなあ」

とはいえ、さっきの感じだとあのゴーレムも相当な硬さのはずだ。それにいとも容易く風穴を空けるというのは異常だ。

ブリュンヒルデ……確か、神器だとか言ってたな。あの禍々しい槍のこと。

「おい、その槍は一体どんな代物なんだ？」

「ん……まあ、教えて困ることではないのでいいでしょう。この神器ブリュンヒルデは、愛する者に対して特攻を持つ特殊な槍なのです。そして、所持者の愛の大きさによって、所持者に力を与える愛の槍と呼ばれています」

「へえ、つまり、何か？　てめえの強さがそのまま愛の大きさっつーわけか？」

「ええ、そ、その通りですね……ええ」

顔を赤くさせるレシアを他所《よそ》に、俺は頭の中で情報を整理する。

愛の大きさで強くなる槍ねえ……つまり、あれか？　鉄のゴーレムに風穴を空けられるくらい強いレシアは、それくらいアルテーゼっつー奴が好き――。

「かはっ!?」

想像して吐血してしまった。

い、いや、落ち着け……。そうだ、とりあえず、このことは置いておこう。

「そ、そうだ……！　今、襲ってきた相手のこと、知ってるみてえだったが？」

「はい。恐らく、評議会からの刺客でしょうね」

レシアは溜息を吐きつつ、ブリュンヒルデを再び光の粒子へと戻した。

「刺客ねえ……」

「私とアルテーゼ侯爵との婚約は、ノブリス騎士団と王家が友好関係を築き、さらに力を増すための政略結婚ですから。そういう意味で、評議会としては面白くないのでしょうね。こうして度々、私を殺そうと襲ってくるのです」

「へえ……中々気が合いそうだな」

「何か言いましたか？」

「いんやあ、なーんも言ってねえよ」

気は合うだろうが、やり方は気に食わねえ。

まあ、狙う相手がアルテーゼ侯爵の方であれば、俺も何もせず、むしろ協力までしただろう。

「はあ……。まあ、この話はオルトに関係のないことです。とにかく、あなたは……もう、私には関わらないで下さい」

「だから、さっきも言っただろ？　てめえの指図は受けねえ。俺は俺のしたいことをする」

「…………勝手にして下さい」

レシアはやはり辛そうな表情を浮かべ、俺の横を通り過ぎて屋上から立ち去る。

屋上に一人残された俺は、頭を掻いた。

「はあ……大失敗だな。こりゃあ」

俺は大きな溜息を吐いた。

＊＊＊＊＊＊＊＊＊＊＊＊＊＊＊＊＊＊＊＊＊＊＊＊＊＊＊＊＊＊＊＊＊＊＊＊

神器・愛する者を穿つ槍『ブリュンヒルデ』

所持者の愛する者に対して特攻効果を持つ槍。

所持者の、その人物に対する愛の大きさが所持者の力に還元される。所持者の強さは愛の大きさそのものということになる。

槍は見た者を魅了するほどに美しく、神々しい姿形をしていると言われる。

第二章

レシアと再会をしてからというもの——特に進展というか、むしろ後退したというか。

廊下ですれ違っても知らん顔をされ、とにかくレシアに無視される生活が、一ヶ月ほど続いた。

「あー今日もダメだったなあ。ありゃあ」

俺は椅子を横に並べ、仰向けに寝転がりながらぼやく。

今日もレシアのいるAクラスに行ってみたが、目すら合わせて貰えなかった。しかも、クラスの連中から追い払われる始末。アタフタとしていたモニカに、少し申しわけないことをした。

「ったく、俺はなーにやってんだか」

これでは、わざわざ上に登ってきた意味がなくなってしまう。

とりあえず、これからやらなくてはいけないことをまとめるとだ。最優先事項として、アルテーゼ侯爵をぶっ殺——じゃなかった——見極めることだ。

もしも、良い奴なら……俺は血の涙を流しつつ認めるつもりだ。だが、少しでもアルテーゼ侯爵とやらが、気に食わない野郎なら……例えレシアに嫌われる可能性があっても斬る。

俺が一人、Fクラスの教室で物騒なことを考えていると、

「おーい、いるかーい？　ああ、いたいた。あんたも暇だねえ。授業もないのに」

「ああ、レオノーラか」

担任のレオノーラが教室に入ってくるや否や、そんなことを口にした。

俺は体を起こしながら肩を竦める。

「逆だ。逆……。他にやることがねえから学校に来てんだよ」

「ほう？　そういえば、最近あんた噂になってるよ。あのレシア・アルテーゼにちょっかいかけてるそうじゃないか」

「まあな」

「近頃、あの金髪の機嫌が悪いらしいけど。あんたのせいかいね」

「…………」

機嫌……悪いんだ……。

俺は肩を落とす。

レオノーラは苦笑を浮かべる。俺の近くに椅子を置いて座り、机上に広げた羊皮紙を置く。

「なんだそりゃあ」

「見てみな」

羊皮紙に視線を落とすと、勇者選抜戦の申し込みと書かれていた。

「勇者選抜戦だあ？」

「そう。これはその参加申込書さ」

レオノーラは簡単に、勇者選抜戦について説明をする。

「まあ、その名前の通り一人の勇者を選抜するための催しさ。勿論、この選抜戦に勝ったからって勇者になれるわけじゃあない。勇者になるには、現役勇者三名からの承認、または現国王の承認が必要だ」

どちらにしても、勇者や国王に自分の存在を知られていないとできないことだ。

勇者としての素質があっても知られなければ意味がない。

「つまり、あれか。これは勇者とか国王とか、その辺の奴らにアピールできる機会ってわけか」

「そういうこと……ふう」

レオノーラは葉巻を吸い、煙を吐く。

「選抜戦には現役勇者三名と国王陛下がお越しになる。これを機に名を上げようという学生は多い」

「参加者も多いわけだな」

「例年は、ね……申込書をよくご覧」

「ん？」

言われて、再度申込書を眺める。すると、ある一文が目に留まった。

「……なお、この選抜戦で死亡した場合の責任は、自己責任とする。へえ、面白いな」

「だろう？　とはいえ、例年死者なんて出ることはないんだ。去年は、エレシュリーゼ・フレアムが圧倒的だったしねえ」

「今年は違うってか？」

「そういうことさ。今年は、勇者候補筆頭と呼ばれる学生が多い。しかも、その全員がハイレベル。お陰で今年は参加者が例年よりも少なくなってってねえ」

その勇者候補筆頭とやらに勝つ自信がないからだろう。最悪の場合は死ぬわけだしな。

レアオノーラは指を四本立てる。

「まずは、三年Aクラス。首席のエレシュリーゼは出場しないけど、次席が出る。そして、二年Aクラスの首席と次席。最後に一年Aクラス首席。あんたがご執心のレシア・アルテーゼさ。この四人が強すぎて、Aクラス以外の参加者がかなり少ない」

「まあ、そうなるわな」

実力順で分けられたクラスだ。Aクラス連中に劣るB以下のクラスが、命を張ってまで出場するわけがない。

レオノーラは葉巻を吸いながら、

「それで？　あんたはどうするんだい？」

「あ？　俺か？　そうだなあ……別に、勇者になる気とかねえしな……」

「だろうねえ。出場はしないかい？」

「……いんや、出るよ」

「ほう？　それはまたどうして？」

俺は不敵な笑みを浮かべる。

「まあ、単純な興味本位だわなあ。つっても、本当に勇者になりたい奴らの邪魔はしねえよ。適当なところで辞退するつもりだ」

「随分と腕に自信があるみたいだねえ。まあ、エレシュリーゼ・フレアムの推薦だしね。あんたは強いんだろうねえ」

「んなことより、選抜戦は具体的にどんなルールなんだ？」

尋ねると、レオノーラは肩を竦める。

「予選は四ブロックに分かれてバトルロイヤルを行う。いつもなら五〇人くらいで行われるけど、今回は少ないだろうねえ。それから、各ブロックで生き残った一人が本選に出場する。本選はトーナメント形式さ」

「なるほどな」

中々、面白そうだ。

最近はレシアのことで色々と考え込んでストレスが溜まっていた。丁度良い機会だ。憂さ晴らしに付き合ってもらおう。

「で、いつからなんだ？」

「明日からだ」

俺は眉を寄せる。

「随分と急だなあ……」

「いやあ、本当はもっと前から告知されていたんだけどね。あたいがうっかり忘れていたのさ」

「この野郎……」

「でもまあ、いつからなんてのはそこまで問題じゃあないだろう？」

そう言われれば、全くその通りだった。

俺は溜息を吐く。

「しっかし、明日からね……」

俺は窓の外へ目を向ける。

勇者選抜戦を上手く使って、レシアにお近づき出来ないだろうか……。

例えば、本気で優勝してみれば、レシアも俺を認めてくれるかもしれない。

もしかしたら、「オルト、格好良い……」みたいになって、アルテーゼとかいういけ好かない野郎から乗り換えてくれるかもしれない……！

「よし……俺、ちょっと優勝狙おうかな」

「え？　あんたさっき、適当にって……まあ、あたいはなんでも構わないけどねえ」

俺は勇者選抜戦に闘志を燃やした。

ふっふっふっ……見てろよ、レシア！

この俺の格好良い姿を見せて、惚れさせてやる！

って、あれ……なんか、当初の目的忘れてねえか？　俺……。

※

校内は大変賑わっており、今日から始まる勇者選抜戦の話題で持ちきりだった。

学生はすぐに闘技場まで移動させられる。

闘技場は円形で、かなりの広さだった。多少、派手に暴れても問題はなさそうだ。観客席には安全対策のためか、魔法壁が張られている。

「へえ……第七三階層の闘技場よりかはこじんまりしてんのな」

「あそこは闘技大会で賑わっている階層都市であったからな。当然と言えば、当然だろう」

俺はラッセルと一緒に、観客席でオープニングセレモニーに出席していた。学生は全員強制出席だ。

オープニングセレモニーでは、「国王陛下が――」とかどうのこうの言って、頭に冠を乗っけた中年の男が何か言っていた。

興味がなかったのでラッセルと話していた。

「闘技大会か……懐かしいな」

「俺としては苦い思い出だ。貴様に負けたからな！」

「まあ、ありゃあ仕方ねえだろ。お互いに不完全燃焼で終わったしな」

俺は肩を竦める。

「そういえば、ラッセルは出場しねえのか？」

「貴様が出るだろうと思って、俺はエントリーしなかったのだ」

「へえ、そりゃあなんでだ？　俺と戦いたくねえのか？」

言うと、ラッセルは半眼を俺に向ける。

「貴様、第七八階層の時の出来事を忘れたわけではないであろうな？　深淵大地で、お互いに合意したであろう？　金輪際、貴様と俺は本気で殺し合わないとな」

「覚えてるっつーの……俺もあれは反省してる」

俺は苦虫を噛み潰した顔になる。

数ヶ月ほど前だったか。第七八階層にて、俺とラッセルは一度だけ本気で戦ったことがある。追う者と追われる者、その関係にいい加減、決着を付けるために俺から申し出た――男と男の決闘だ。

結果、戦闘の余波で大地にぽっかりと巨大な大穴が空いてしまった。その穴は、下の階層に直接繋がるほど深く、人々から『深淵大地』と呼ばれる未曾有の大災害となった……。

まあ、犯人は俺とラッセルなわけだが。

「以来、俺と貴様は本気を出さないということになった……。お陰で、貴様をここまで捕まえられなかったわけだ！　はっはっはっ！」

「まあ、俺としちゃあ都合の良いことだったぜ」

そう昔のことでもないが、懐かしく感じる。

「とにかく、そんなわけでだ。どうせ貴様と当たっても本気で戦えないのなら、出る意味などないであろう？　勇者になりたいわけでもない。なら、出場しない方がいいという感じだ」

「なるほどな……。んじゃまあ、俺はラッセルの分もお祭りを楽しむかねえ」

「そうするといい！　はっはっはっ！」

そうこう会話していると、国王の話が終わったのか、続いて三名の勇者の紹介と挨拶が入る。

『鉄壁の勇者』、『剛拳の勇者』、『旋風の勇者』の三名が来ているという。ちなみに、『紅蓮の勇者』であるエレシュリーゼは、他の勇者達と同じ特等席に座っていた。

「現役勇者か……どんくらい強いんだろうな？」

「どうであろうな。人類生活圏の外——未開拓領域の調査に出ているわけだからな、強いモンスター共と戦っているだろう。弱いということはないのではないか？」

「じゃねえと、拍子抜けだわなあ」

それからしばらくして、出場する選手は控室に移動するようアナウンスがあったのでラッセルと別れた。

控室へと向かっていた俺は、その途中でレシアを見かける。

「ん……まあ、あいつも出るよな。そりゃあ」

そういえば、レシアと当たった時のこととか全く考えてなかったな。まあ、当たった時に考えればいいが……正直、真面目に戦える気がしない。

とりあえず、俺は可愛いレシアの横顔を拝めたので両手を合わせ、改めて控室へ。

控室に着くと、対戦表が張り出されていた。

控室は広く、一〇〇名くらいの選手達が全員集まっても余裕があった。

対戦表を確認すると、俺の名前は予選Aブロックとなっていた。

「へえ……Aブロックっつーと最初の試合だわな」

レシアの名前はBブロックにあった。他に知り合いの名前を探してみると、Cブロックにモニカの名前があった。

「あいつも出んのか……」

控室に来ているかどうか探すと、ちょうど対戦表を確認しにきたモニカを見つける。

「よう、モニカ」

「あ、オルトくん。やっぱり、オルトくんも出場するんだね？」

「ああ。モニカも出るみてえだな。Cブロックに名前があったぜ」

「Cブロック……そっか」

「ん？　どうした？」

Cブロックと知ったモニカの顔色が悪くなったので尋ねる。

モニカは俯きつつ、

「あ、うん……。さっき、Cブロックに三年次席の人がいるって聞いたから……」

「ああ、それで不安なわけか……。つっても、勇者を目指すっつーなら、強敵とは戦わなくちゃならねえしな。泣き言は言ってらんねえぞ？」

「う、うん……そう……だよね。うん。私、頑張る！」

モニカは拳を握り、そう言った。

元気が出たみたいで何よりだ。

ふと、モニカと談笑をしている時だった。何やら視線を感じたため、気になって振り向くとレシアが軽蔑の視線を俺に向けていた。

「………………」

「……な、なんだよ……」

声をかけたが、やはり俺を無視し、レシアはスタスタと歩いて行ってしまう。

モニカは困惑気味に、

「えっと……どうしたのかな。アルテーゼ様……」

「さあ……」

俺とモニカはわけが分からず首を傾げるばかり。

そうこうしている内に、「予選Aブロックの選手は闘技場へ移動して下さい」というアナウンスが流れた。

「んじゃあ、行ってくるわ」

「うん！　頑張ってね！」

「おーう」

俺は手をヒラヒラさせ、闘技場に向かって歩を進めた。

※

『予選Aブロックの注目選手は、やはり！　二年Aクラス首席！　クロス・ザバーニーヤ選手でしょう！』

闘技場に上がると、司会が場を盛り上げるためか、テンションを高めて言っている。

件のクロスとやらは、闘技場の中心で観客からの視線を一身に集めている。

「ふっ……まあ、俺様は勇者になる男。当然の歓声さ」

気障ったらしい顔の良い美男子で、女共からきゃーきゃー騒がれている。

「ああ……そういえば、この俺様と同じブロックに下民がいるって聞いたな。お前だろ？　噂は聞いている。最下層の屑が、こんな上層にいることが驚きなのに、まさか勇者養成学校に入って来るとはなあ？　『紅蓮の勇者』の推薦だか知らないけど……身のほど知らずにもほどがあるぞ？　虫けらが」

クロスは早速、俺に敵意――というより、嘲笑の笑みを浮かべる。

他の出場選手達も、俺を見て嘲笑っている。

観客席にも聞こえていたのか、似たような笑いが起きている。

クロスは気分の悪い笑みを浮かべながら、

「身のほど知らずなお前に教えてやろう……。なぜ、下層の屑共が上層の俺様達よりも劣るのか。簡単な話、魔力を持っているか、持っていないかの差だ。下層の屑は魔力を持っておらず、上層に行くほど魔力を持った高貴な人間が生まれる！　いくら愚かなお前でも、魔力の重要性を知らないわけではないだろう？」

魔力——単に魔法を使うためだけに存在しているものではない。

クロスの言う通り、上層に行くほど、魔力量の多い人間が生まれる。魔力はただ持っているだけで、素の身体機能を上昇させることができる。これが下層と上層で、差別される所以《ゆえん》だ。

そして、何よりもだ。この世界では、俺のような剣士や武闘家よりも、魔法使いの方が強い。

それはなぜか——。

「愚か者のお前に教えてやるよ。高貴なこの俺様がな！」

試合開始の合図が鳴る。それと同時に、クロスが叫んだ。

「『エレメンタルアスペクト』！」

クロスの叫び声に合わせて、その体は電気を帯び放電する。

これこそが、魔法使いが強いとされる所以。これがあるからこそ、魔法使いたり得る魔力を持った人間——つまり、上層の民は優遇されている。

「くははは！」

クロスは笑い声を上げ、体から稲妻を迸《ほとばし》らせながら、俺との間合いを詰めてくる。その速度は雷速に匹敵し、とても肉眼で追うことは出来ない。

俺は直線的に突っ込んできたクロスの攻撃を、横っ跳びに躱《かわ》す。刹那、横を稲妻が駆ける。

クロスはそのままの勢いで闘技場の壁に激突する。壁は衝撃で粉々に砕けるが、クロスは無傷だ。

「よく避けたな？　褒めてやるよ」

「…………」

『エレメンタルアスペクト』――別名、流動化と呼ばれる上級魔法。この世界に存在する八つの属性、地、水、火、風、雷、氷、闇、光。流動化は、術者が得意とする属性に肉体を一時的に変質させる魔法だ。

例えば、クロスはどうやら希少な雷属性の使い手のようだ。雷属性の流動化は、肉体を雷そのものに変質させるため、移動速度や攻撃速度はその全てが雷速となる。

さらには、流動化状態では物理的なダメージは一切入らない。流動する体は物理的な攻撃をすり抜けてしまうからだ。

「さあて……まだまだこんなものじゃないぞ？　虫けらあああ！」

クロスは流動化によって得た圧倒的なアドバンテージを持って、俺に迫る。加えて、俺の周囲を他の選手が取り囲んだ。

「おいおい、バトルロイヤルって話じゃなかったっけか？」

「人心掌握もアピールポイントだからな！　ここにいる選手達は、この俺様には逆らえないのさ！　そもそも、戦って俺様に勝てるわけがないしなあ！」

クロスが再び突っ込んできたので躱す。追撃に、俺を取り囲む選手達が各々武器を振るってくる。

一対二九だな、こりゃあ。

周囲に目を向ける。

「クロスを入れて魔法使いは八人で他は武器だな」

俺は多方面からの攻撃を全て避ける。『建御雷』で受けてもいいが、芸がない……。それに『建御雷』ではクロスの攻撃を防げない。

雷となると皮膚を透過して内臓などに直接ダメージが入る。電撃が体の内部を通る前に、地面へ逃がす方法もあるが――どのみち痛いことに変わりはないので、クロスの攻撃は受けたくない。

「さてと……んじゃまあ、一人ずつゆっくり倒すかねえ」

所詮は予選だ。レシアに格好良いところをアピールしたいだけなので、余裕な様子を崩すことなく、圧倒的な感じで勝ちたいのだ。

だったら、簡単な話。鞘に収まっている刀を抜いてしまえばいいのだが、一瞬で終わっては楽しみにきている観客が可哀想だ。

「つっても、観客の御目当ては俺じゃなくてクロスだろうけど……っと」

俺は右から迫った槍を、上体を逸らして躱す。そして、バク転して勢いそのまま、足でそいつの顎先を蹴る。

「げふお!?」

槍を持った男はそれで意識を失う。まずは、一人だな。

「くっ……おい、屑共！　一人を相手に何を手間取っていやがる！　このお！」

「ひ、ひやあああ!?」

苛立ったクロスは、そこら辺にいた選手の頭を鷲掴みにする。雷そのものに体を変質させているクロスが触れたからか、その選手は感電して体を硬直させる。

しばらくして、その選手がピクリとも動かなくなったことで苛々《イライラ》が解消されたのか、クロスは選手を放り投げた。

ちっ……この外道が。

「てめえ……」

俺は攻撃を避けながらクロスを睨む。

「なんだその目は？　この俺様が屑共をどうしようが勝手だろう？」

「屑とかなんとか、さっきから言ってるけどよお。てめえの方が、よっぽどどうしようもねえ屑だ」

「なんだと……？」

最下層の民である俺に言われたからか、クロスは怒りを露わにする。

クロスは複数人からの攻撃を避ける俺に手の平を向けると、

「『ライトニング』！」

落雷が如き轟音が走る。同時にクロスの手の平から電撃が放たれる。

「おっと」

俺は姿勢を低くしてそれを躱す。すると、俺を囲んでいた選手に電撃が直撃する。周囲の人間に感電し、再び何名かが倒れた。

俺は体を起こしながら、

「ったく、気に食わねえやり方だな」

「はっ！　死ね！　最下層の屑が！」

クロスは雷速で俺との間合いを詰め、雷の体で俺に触れようと手を伸ばす。

刹那俺は刀の柄に手を置き、居合いを放つ。

「馬鹿め！　魔法使いの流動する体に物理攻撃など――ひっ⁉」

クロスの右腕は肘から先が斬り飛ばされ、鮮血が闘技場を染める。

「ひ、ひぃいいいあああああ⁉　お、俺様の……俺様の腕があああ⁉　いだあああぃぃぃ⁉」

「ん……悪いな。最初は斬って欲しい部位を選ばせてやろうと思ったんだけどよ。少し気が急いた。許してくれ」

俺は腕を斬られたショックでのたうち回るクロスに向かってそう言った。

あまりの光景に、俺を襲っていた選手達は武器を地面に落として呆然としている。

「な、なんで……俺様の……腕があ……」

「ああ？　なんで物理攻撃が効かないのに……ってか？　確かに流動化は強いし厄介だけどな。ただ、過信し過ぎだな。達人レベルの武芸者は、みんな流動化に対するなんらかの対抗策を持ってる。気をつけた方がいいぜ？」

「ぐう……うっ……うるさい！　虫けらがあああ！」

「っと……」

クロスが放電したので、うっかり感電しないよう距離を取る。

クロスは斬り飛ばされた腕を拾い上げ、接合を試みる。確かに、流動化している状態ならばくっつけることは可能だわな。

勿論、させるわけがない。

「そろそろ、やるか」

観客達は当初、クロスが勝つと思っていたからか、どこか呆気に取られている様子だった。しかし、一部からは俺への応援が聞こえる。中々、気分が良い。

「くそっ……！　くそ！　早くくっつけよ！　くそ！」

「さて、と……。先輩には悪いけど、ここで退場願おうか」

俺は肩に刀を担いで構え、力を溜める。

それで何かを察したらクロスが見るからに怯える。

「ひっ……お、俺様を誰だと思ってやがる！　俺様は、お、俺様は勇者になる男だぞ!?」

「なら、ここで死んでも文句はねえよな？　元々、自己責任なわけだしな」

「し、死っ!?　か、金……そうだ……金！　金ならいくらでもやる！　だから、や、やめてくれっ！」

「いや、金よりも女かなあ……」

「女だな!?　女でもなんでも好きなだけ用意してやる！　だ、だから……」

「そりゃあ、魅力的だが……俺が好きな女は金だろうが、なんだろうが……買えるもんじゃやねえよ」

　そろそろ終いにしようと手に力を込める。

「そうそう、一つだけ言っておくけどよ。俺、出し惜しみしない主義なんだわ」

　そして、俺が刀を振り下ろす直前に、特等席に座っていた勇者達——エレシュリーゼを除いた三人が動き出した。

「こ、この力の波動は……!?」

「まずい！」

「我らで防御を——！　『アイアンシールド』！」

　確か、『鉄壁の勇者』と名乗っていた勇者が俺の直線上に巨大な盾を出現させる。俺はもう初動に入っており、そのままの勢いで刀を振り下ろした——瞬間、俺の直線上に膨大なエネルギーの奔流が放出された。

　嵐のようなそれは、『アイアンシールド』とやらを真っ二つにし、クロスを呑み込み、観客席を一部吹き飛ばす。さらには、街の建物を全て縦に切断。勢いは止まることなく、山を一刀両断し、海を割いてようやく止まった。

「ふう……」

　俺は刀を鞘に戻し、一息吐く。

「かっ……かは……あ……」

　クロスは色々な汁を出して、泡を吹いて気を失っている。わざと外しておいた。

吹き飛ばした観客席の方を見ると、ラッセルが呆れた様子で立っていた。予め避難誘導をしてくれていたのは、俺から見えていた。

街の方も、俺の直線上に人がいないのは気配で確認済みだったので、まあちょっと建物が崩れた程度だろう。

「よし、今のはいい感じに決まったな……ふっ」

レシアがこれを見て惚れてくれないかなあ……と密かに思っていると、やけに会場が静かなことに気がつく。気になって周囲に目を向けると、観客や学生達は口を開けたままポカンとしていた。

そして、数秒の後に、

「え、ええーー!?」

「えー!?」

「「ええー!?」」

と、色々な方面から驚愕の叫び声が上がった。

※

俺が壊した会場の修理に一時間かかるらしいので、ちょっとした休憩時間が設けられた。

次のブロックの連中や観客達には、一時間も待たせることを申しわけなく思う。それについて、闘技場の真ん中で謝罪すると、観客達は一様にブンブンと首を横に振っていた。

その後、俺は選手控室で、次の予選が始まるまで暇を持て余していた。

「ちょっと、やり過ぎたかね……」

結界もあったし、途中で勇者が介入してきたから大丈夫だろうと高を括っていたのだが
――少しだけ威力を殺した程度だった。ちょっと、勇者には拍子抜けだ。

「っても、あの一瞬で作ったにしては、中々の盾だったなあ」

その点は評価するが、勇者に対しての興味は失せた。三人がかりで俺の一振りを防げないの
なら、その程度ということだろう。

別に、俺は戦闘狂というわけではないが――残念に思った。

俺が物思いに耽っていた折、Cブロックでの出場を控えているモニカが声をかけてきた。

「お、オルトくん！　み、見たよ！　さっきの試合！　すごかったね！」

興奮した調子でモニカは言った。興奮し過ぎて、たわわに実った胸が揺れている。

と、いかんいかん……乳に惑わされるところだった。

俺は平静を装い、格好をつける。

「だろ？　俺、すげえ強いんだぜ？」

「うん！　雷属性の流動化って、他の属性の流動化と比べてすごく強いって聞いてたのに……」

「まあ、結局は術者本人の技量が問題だからな。ありゃあ、クロスには過ぎた力だったわな」

「でも、二年Aクラスの首席だよ？　それに、流動化って簡単な魔法でもないし……。あれは

高度な魔力操作と豊富な知識がないと出来ないんだよ？」

「それは知ってるっての。クロスに技量がないなんざ、思っちゃねえよ。学生レベルなら最高レベルだろ」

だからと言って、達人レベルと互角に戦えるのかと問われれば答えは否。

俺以外でも、達人の域に足を踏み入れた武芸者なら、クロスなんて足元にも及ばない。

モニカは俺の言葉に感嘆の息を吐く。

「す、すごい……なんだが、見てる場所というか……高さが違う感じ。私達よりもずっと高いところから見てるというか……」

「そりゃあ、俺の方が強いからなあ」

俺は踏ん反り返って言った。

モニカは苦笑を浮かべる。

と、そこに思わぬ乱入者が現れた。

「……そこは普通、謙遜するところです」

「んあ？　って……れ、レシア!?」

「え、あ、アルテーゼ様!?」

声をかけてきたのはレシアだった。

まさか今の今まで無視されていたのに、向こうから声をかけてくるとは——これは作戦成功という感じだろうか？

俺がそんなことを考えていると、モニカが口を開く。

「え、えと、あの……あ、アルテーゼ様は……」

「……レシアで構いません。同級生ではありませんか」

「そ、そんな……お、恐れ多くて……。わ、私みたいな平民は這い蹲《つくば》って靴をお舐めするのが当然なんです！」

「卑屈過ぎるだろうが、そりゃあ……」

「で、でも……」

とりあえず、言い繕うモニカの頭に軽いチョップする。モニカは、「あた……」と小さな悲鳴を上げた。

「別に本人がいいって言ってんだ。逆に失礼だろうが」

「そうですよ。私がいいと言っているのです。構いません」

「え、えと……それじゃあ、レシア……様」

「様も結構です」

「う、うー……せ、せめてレシアさんで……」

モニカが顔を赤くさせて言うと、レシアは至って冷静な表情で、「それで構いません」と述べた。

とりあえず、話が一段落したので俺はレシアに目を向ける。

「で、なんの用だ？　俺が強すぎて好きになっちゃったか？」

「あなたの頭には脳味噌が入っていないのですか？　好きになるわけがありません。あなたみたいな野蛮人」

　おっけーなるほど。作戦は失敗と……いやあ、泣けてくるぜえ。

「じゃあ、なんの用なんだよう……。今まで無視してた癖に」

「それは……いえ、この話題は後にします。私が声をかけたのは、いたいけな女子学生が、あなたのような野蛮人に声をかけていたので注意をしにきたのです」

「わ、私……？」

　モニカは首を傾げる。

「はい。無闇に、この男に近づかない方がいいと思います。この男は女と見れば、盛って襲いかかる獣の如き習性を持っています」

「おい、俺はそんなことしねえよ……。とんだ風評被害だなあ」

「そ、そうですよ！　オルトくんは優しい人です！　前だって襲われていた私を助けてくれたんです！」

「え、た、助け……っ」

　なぜかレシアが悔しそうに歯噛みしたように見えた。

　その異変に気づかず、モニカは口を開く。

「お話しやすいですし、態度や口調は……確かに悪いと思います。けど、こう見えて紳士なところがたくさんあるんです！　転びそうになったら抱き抱えて助けてくれたし！　ちょっとした段差でも転ばないように手を貸してくれました！」

モニカが俺の話をする度に、なぜかレシアの目に怒りにも似た何かが宿る感じがした。

よく分からないが、黙っているとまずい気がする。

「それはあれだ。てめえが何もないところでも転びまくるから、呆れて手を貸してただけだな」

「えぇー⁉」

新事実に衝撃を受けたモニカ。しかし、そんなことはレシアの耳に届いていないのか——レシアは俺を睨む。

「あ、あたしだって……結構転ぶ——じゃない！　オルトの節操なし！　変態！　むっつり！」

「は、はあ⁉　なんだよ急に⁉」

「うるさい！」

「うるさいのはてめえだろ！　このアンポンタン！」

「なっ……ま、また言ったわね⁉　オルトのバカ！　バーカ！」

こ、こいつ⁉

「んだとお⁉　バカって言った方がバカなんだよ！」

「オルトには言われたくない！」

「この……やんのかおらあ！」

「やってやるわよ！」

こうして俺は再びやってしまった……はあ。

※

オルトの破壊した会場の修復作業が行われている。

そんな中、最年少にして歴代最強と謳われる勇者――『紅蓮の勇者』エレシュリーゼ・フレアムは、驚愕で固まっていた。

オルトから放たれた常軌を逸脱した一撃。それを前に、三人の勇者が動いた。だというのに、歴代最強勇者であるエレシュリーゼが動けなかった。

それはなぜか――。

「…………オルト……？」

エレシュリーゼは彼の名前を呟き、特等席に深く座り、額にを手を当てる。

彼女――エレシュリーゼ・フレアムが歴代最強と呼ばれる所以は、いくつかある。まずは、類い稀な魔法の才能。

魔法使いが強いとされているのは、『エレメンタルアスペクト』――流動化があるからだ。エレシュリーゼの流動化は、火属性である。特別強力というわけでもないが……桁違いな魔力量を誇る彼女の流動化は、他を圧倒する火力を持っていた。

勿論、高い魔法センスだけではない。相手を見極める観察眼や洞察力。彼女の根幹を支えているのは、知力だった。

だが、他にも彼女の強さを支えているものがある。

魔法使いとしての資質、ずば抜けた知力。それに加えて、彼女には群を抜いた剣術の才があったのだ。

「…………」

エレシュリーゼは、先の戦闘で見たオルトの剣を思い出す。

剣術の才があったと言っても、最初からその才能が開花していたわけではない。そもそも、魔法使いとして圧倒的な素質を持っているのに、わざわざ剣術の才を見出す必要がなかった。

しかし、遠い昔にいたのだ。

魔法使いとして天才的な能力を持ったエレシュリーゼを、粗雑な剣一本で救った少年が。

「あの剣、変わらない……。どこか懐かしく感じたのは、そういうことでしたのね……」

初めてオルトを見た時、なぜか懐かしい気配を感じた。

だからだろうか。

エレシュリーゼは、門の前で学校を見上げているオルトに声をかけた。そして、オルトを推薦し、面倒な手続きも引き受けたのは――そういう懐かしい気配を感じたからだった。

「もう、六年も前のこと……ですわね」

エレシュリーゼは遠い目で、自分の腕を抱く。

まだ、エレシュリーゼが一二歳の頃。彼女は、一〇歳のオルトと出会っていた。

※

フレアム公爵家の当主――エレシュリーゼの父の仕事で、彼女は一緒に上層から中層まで降りて来ていた。

当時、魔法の才能に絶対の自信を持っていたエレシュリーゼは、父親の言うことを聞かず、好き勝手に中層の街を歩き回っていた。

言わずもがな、貴族の令嬢が一人で歩いていたら攫われるのは必然だった。

エレシュリーゼは抵抗する間もなく、中層で人攫いに遭った。

それから彼女は、中層よりもずっと下の階層まで連れ去られる。そこは、下層も下層――第五階層だった。

彼女は奴隷市で売りに出されることになった。手足には魔法が使えなくなる特殊な枷《かせ》が嵌められた。抵抗も出来ず、ただ泣きじゃくるしかなかった。

「おとう……さん……おとうさん！　うう……」

無論、父親が助けに現れるわけがない。

全ては父親の言うことを聞かなかった自分の責任なのだから。

もはや、助かることはないと諦めかけていた折。オルトは現れた。

「クソ人攫い共があああ!!」

当時、レシアを連れ去られた怒りや悲しみからか、オルトは人攫いに対して尋常ではない敵意を向けていた。

無論、エレシュリーゼがそんなことを知っているはずもなく、彼女は奴隷市をたった一人で潰した少年に感謝し憧れた。

僅か一〇歳、自分よりも幼いのに、自分よりも強い少年。

「君は、どうしてそんなに強いの？　魔法使いでもないのに……」

助けられてしばらく経った時のこと。

エレシュリーゼは気になって尋ねた。

事実、一〇歳という幼さで奴隷市を壊滅させるほどの腕前だ。普通の一〇歳児ではない。聡明な彼女は、すぐにその異常さを見抜いた。

対してオルトは、ただこれだけ述べた。

「強くねえよ」

どんな意味が込められていたのか、一二歳のエレシュリーゼに理解することは出来なかった。

言ったオルトも一〇歳だ。深い意味はなかったのだろう……しかし、エレシュリーゼはそれから慢心を捨てた。

「あ、の……わたしに、剣を……教えて！」

「剣を？　お前、魔法使いだろ？」

「それでも……わたし、もっと強くなりたいの」

「…………分かった」

それから一ヶ月間。エレシュリーゼは、オルトに師事した。

オルトの剣は、特に流派がなかった。それでは不便だとエレシュリーゼが言ったが、オルトは「いらん」の一点張り。

エレシュリーゼはそれを無視し、勝手に『絶剣流』などと命名した。

絶剣——絶えることのない不屈の剣という意味だった。

エレシュリーゼは僅かな期間で成長し、剣術の才能を開花させることとなる。

そして、一ヶ月後——エレシュリーゼを見つけた公爵家の関係者によって彼女は保護される。

「あ、師匠……？」

エレシュリーゼはそのままオルトを自分の師とし、公爵家に迎え入れようとしたがオルトの姿はどこにもなかった。

これがエレシュリーゼとオルトの出会い——。

「この数年間で記憶は大分色褪せてしまいましたけれど……まだ、わたくしはあなた様の剣だけは覚えていましたわ」

——ああ、我が師よ。

エレシュリーゼは恋い焦がれる乙女のように、頬を上気させた。

※

さらに時を同じくして、第一〇〇階層の王宮にて。一人の男がワイングラスを片手に、不敵な笑みを浮かべていた。

「ふむ……もうかなり上まで登って来たみたいだねえ」

男は道化師の如き顔で、少しばかり派手な恰好をしている。

「前は第七八階層だったねえ。今回は、第九〇階層……」

男は深淵大地を作った相手が、上へ上へと登って来ている気配を敏感に感じ取っていた。

男はワイングラスをテーブルに置く。

男には一つだけ、普通の人間にはないものがあった。

「深淵大地を作った奴らは、私にとって脅威となる……。早めに潰すのが吉だよねえ……」

男は座っていた椅子から立ち上がる。

その時、窓から差し込む陽光によって、頭から生えていた黒光りする角が煌めいた。

男の名は——キュスター。

ふと、部屋の闇が蠢く。

「……キュスター様」

闇からは全身の肌が真っ黒に染め上げられた人ならざる存在が現れる。背中からは蝙蝠の翼が生え、その者にも角が生えていた。

「ああ、ガルメラか」

「はっ……ご報告に参りました」

「任せていた例の件だねえ？　あの深淵大地を作った正体が分かったのかな？」

「いえ……その件で調査に向かった部下達は、みな殺されています。敵の実力は、少なくても我々、上級悪魔クラスかと」

「ふうん？　まあ、そうだろうねえ……」

配下の者は、主の様子を窺う。

キュスターは顎に手を当てて考えを巡らせる。

「いや、丁度その件について君に任せたいことができたんだよねえ」

「と、言うと……？」

「さっき、第九〇階層で、第七八階層で感じたのと同じ波動を感じた。恐らく、奴だろうねえ。今から、君にモンスターと下級悪魔を――そうだねえ。一〇万貸すから、そいつごと第九〇階層の人間をみな殺しにしろ」

それなら、深淵大地を作った者が誰であろうとも問題ない。みな殺しにすれば、その者も死ぬからだ。

ガルメラは思わず驚く。

「じゅ、一〇万でございますか⁉」

「おや、不服かな？」

「い、いえ！　そのようなことは！　し、しかし……それほど大規模な戦力が必要……なのでしょうか？」

配下の問いにキュスターは笑う。

「みな殺しにするんだ。一〇万いれば早いだろう？」

ガルメラは「なるほど」と頷く。

キュスターも頷いて続ける。

「それと、レシアには手を出さないよう、細心の注意を払うんだ。彼女だけは必ず生きてここに連れて来るんだ」

「はっ……承知しました」

指示に従い、ガルメラは再び闇へと消える。

キュスターは窓からテラスへと足を運ぶ。

テラスからは眺めの良い景色が見える。美しい緑と遠方には山々。天を仰げば、天井が。

「さて、どうでるかな。深淵大地を作った者――ブラック。そうだ……君はどう思う？」

キュスターは、泰然とした態度で、同じ部屋にいたある男に意見を聞いた。

男は目を細め、

「さあ、どうだろうな」

男の素っ気ない返答に、キュスターは肩を竦める。

「昔から変わらず、本当に君は無愛想だねえ」

男は何も答えなかった。

※

「不毛な争いだ……」

「そうですね。無駄な体力を使いました……」

俺とレシアは、あれから数十分の間、幼稚で低レベルな言い争いを繰り広げていた。

傍で聞いていたモニカは、苦笑している。

「あは……あはは……はは……。その、もっと仲良くしません……か？」

「ごめんなさい、モニカさん。モニカさんとは仲良くしたいと思います。しかし、この男はダメです。生理的に」

生理的……さすがに傷付くんだが。

モニカはきょとんと首を傾げる。

「あ、でもでも、レシアさんって言うほどオルトくんのこと嫌いじゃないですよね？」

「なっ……そ、そんなことありません……」

否定するレシア。モニカは何か気になったのか、

「お二人って、接点がなさそうなんですけど……。どういう関係なんです？」

「どういう……」

「関係……」

俺とレシアは顎に手を当て考え込む。

簡潔に答えるのなら、幼馴染で済む。だが、それはレシアも第一階層出身だということを、間接的に教えることになる。

俺はゆっくりと口を開いた。

「……別に。赤の他人だよ。他人」

「――ッ！」

「うわ……ちょっ……おい！　いてえ、いてえ！　俺の耳を引っ張るな！」

レシアが突然、俺の右耳を引っ張ってきたので抗議する。

避けることも出来たが――避けるまでもないと高を括ったことに後悔した。痛い。

「ええ、そうです。この男と私は赤の他人……他人です。ええ、そうですとも！」

「ちょっ……取れる取れる！　なんでてめえ怒ってんだよ！」

「お、怒ってなどいません！」

レシアはようやく俺の耳を離した。

耳がヒリヒリと痛む。

俺は右耳を摩《さす》りながら、レシアを鋭く睨む。レシアも俺を睨み付ける。

しばらくの間、睨み合いが続く。そんな中、モニカが瞬く。

「えっと、もしかして仲良し？」

「仲良しじゃねえ」

「仲良しじゃない」

「ふえええええ……」

俺とレシアが同時に否定すると、モニカが奇妙な悲鳴を発する。

「はあ……まあ、もういいわ。なんか疲れた」

「ええ、私も誰かさんの相手に無駄な時間を割きすぎました……。これで失礼します。モニカさんは、私の次のブロックでしたね。頑張って下さい」

「あ、は、はい！　ありがとうございます！」

レシアはそのまま微笑すると、まるで俺が視界に入っていないとでも言いたげな足取りで立ち去った。

「………心が折れそうだぜ」

「……？　ど、どうしたの？　オルトくん？」

「いや、なんつーかねえ。惚れた女に、告白するって難しいなと思ってな」

「ふえええええ!?　お、オルトくんってレシアさんのこと好きなの!?」

驚くモニカに俺は、「そういえば言ってなかったっけか？」と天井を仰ぐ。

「そ、そうなんだ……。だから、あの時屋上に誘って欲しいって……。そ、その時は告白できなかったの？」

「喧嘩になっちまってなあ。中々、上手くいかねえや」

モニカは再び瞬く。

「私、上手くいかないのってオルトくんが悪いと思うんだけど……」

「…………」

俺はモニカから目を逸らす。

「オルトくん、早く告白しなよ」

「だ、だけどよお……振られたらって言うか……。なんか、レシアの俺に対する好感度ってぶっちゃけ……」

「ない……かな？」

「ですよねえ……」

婚約者だっているというのに、俺を好きになる理由がない。しかも、顔を合わせれば喧嘩ばかり。軽く死にたい。

ふと、モニカが頬を赤らめる。

「でも、振られちゃっても大丈夫だよ……？　そ、その……その時は私が……」

「いや、振られた時のことなんて考えたくねえ」

俺はモニカが何か言うのを遮《さえぎ》った。

「あ、そ、そう……だよね！　ごめんね？」

「いや、別に。まあ、やるだけやるしかねえわな……」

俺は腕を組み、これからどうするのかを考える。

「どうすっかなあ」

「何をどうするおつもりで？」

声がした方へ目を向けると、エレシュリーゼが控え室の出入り口から、こちらへ向かって来ているのが見えた。

「おお、なんだ？　わざわざこんなところまで」

「あ、あ、フレアム公爵令嬢様！　し、失礼します！」

モニカは、「はわわわ」と怯えた様子で脱兎の如く逃げ出した。

俺は首を傾げる。

「どうしたんだ？　あいつ？」

「あれだけ怯えられると……傷付きますわね」

見ると、困った笑みを浮かべていた。

俺は肩を竦めることで同意した。

※

「それで？　俺に何か用か？」

エレシュリーゼに問いかける。彼女は不敵な笑みを浮かべる。

「……場所を移しませんか？　街から出て東に広い荒野がありますの」

「ん？　街から出んのか？」

「ダメ……でしょうか？」

エレシュリーゼの俺を見る瞳が不安げに揺れる。

特に断る理由はない。

「いや、まあいいけど……何すんだ？」

「ふふ……まずは移動致しましょう。話はそれから……」

エレシュリーゼはそう言いながら、先導して控え室に背を向ける。俺もその背中を追って、控室を後にする。

しばらく二人で歩き、闘技場に出るとエレシュリーゼが呟く。

「『エレメンタルアスペクト』……」

エレシュリーゼの体が炎に包まれたかと思うと、四肢から炎を噴射。それを推進力にし、エレシュリーゼは空を飛ぶ。

遥か上空まで飛び上がった彼女は、空に赤い軌跡を残しながら東に向かって飛ぶ。

「おお、すげえな……」

感心しつつ、エレシュリーゼを追って移動する。

そして、俺は指定の荒野でエレシュリーゼと落ち合った。

「さすがは、オルト様。早かったですわね」

「……様？　いや、まあ、この程度の距離ならな……んで？　こんなところに呼び出して、一体どうしたよ？」

「ええ、簡単なことですわ。オルト様……わたくしと、勝負して下さらないかしら？」

「は？　勝負？」

わけが分からず首を傾げた俺だったが……エレシュリーゼの顔を見て、肩を竦める。

冗談で言っているわけではなさそうだ。

「本気でやんのか？」

「命のやり取りは考えておりませんわ。ただ、わたくしは確かめたいことがございますの……」

「ふうん？　まあ、別に構わねえよ。俺も歴代最強勇者に興味があったもんでな」

不敵な笑みを浮かべて言うと、エレシュリーゼは嬉しそうに微笑む。

「嬉しいですわ……。それでは、早速参りますわ」

エレシュリーゼは言いながら、自らの手の平に炎の塊を生成する。その中から、一本の剣が出てきた。

俺は刀を鞘から抜かず、棒立ちのままエレシュリーゼと相対する。

「準備はよろしくて？」

「ああ、いつでもいいぞ」

「では……行きますわ！」

エレシュリーゼの掛け声と共に戦闘が開始される。

俺はエレシュリーゼの出方を窺う。

彼女は鋭い踏み込みと共に、俺と肉迫する距離まで接近する。

お互いの獲物は、近接戦を間合いとする。俺は刀、エレシュリーゼは片手直剣で、間合いによる差はない。だというのに、エレシュリーゼはお互いの間合いを完全に無視し、クロスレンジでの戦闘を仕掛けてきたのだった。

「おいおい……格闘戦をご所望ってか？」

「わたくしは炎属性の流動化……触れれば大火傷ですわよ！」

エレシュリーゼの言う通り、触れていないにも関わらず熱気を感じる。

エレシュリーゼは迷いなく俺のテンプルにハイキックを繰り出す。

俺は上体を逸らしてハイキックを躱《かわ》す。すぐに反撃の一手として、掌底を繰り出す。無論、触れればこちらもダメージを受けるのは分かっているため、寸止めする。それでも衝撃波が飛び、エレシュリーゼにダメージを与えることは可能だろう。

俺の反撃は、エレシュリーゼの胸部に直撃――したように見えたが、俺の手には全く手ごたえがない。見ると、彼女の胸には手の平サイズの穴が空いており、穴の周囲に炎が纏わり付いていた。

「……流動化で体の形を変えたか」

「その通りですわ。オルト様が流動化を何らかの方法で無効化出来るのは承知済み。ならば、こちらもその対策をするまでのこと！」

「っと……」

今度は剣を下から突き上げてきた。バックステップして回避したが、エレシュリーゼは追撃に炎を背中から噴射し、その勢いで突っ込んでくる。

俺は突っ込んでくるエレシュリーゼの剣先を、手の甲で弾く。『建御雷』で硬化しているため、ダメージはない。

剣先を弾いて、エレシュリーゼの軌道を逸らし、俺とエレシュリーゼは立ち位置を入れ替える。

エレシュリーゼは振り返りざまに、剣を横薙ぎに払う。炎を纏った刃をしゃがんでやり過ごすと、炎が一帯に撒き散らされる。

彼女が剣を振るった延長線上が爆発する。物凄い火力だった。

「つぶねえ……」

「わたくしも少しはやりますでしょう？」

剣を構え直すエレシュリーゼは不敵に笑いながら言った。

「ああ、驚いた。魔法だけじゃなくて、剣も中々なもんだな。こりゃあ、俺も刀を抜かなきゃ失礼ってもんだわな……」

俺は思ったことをそのまま口にし、刀を鞘から抜いた。

※

身にかかる重圧が、一気に高まったことをエレシュリーゼは感じ取った。

目の前に立つのは、かつて自分が師事した剣士の少年。

普段からその剣気を微塵も隠そうとしていないオルトだが、刀を抜いた途端――今までとは比べ物にならないプレッシャーが襲う。

「オルト様もようやくその気になったみたいですわね……」

「俺は初めからやる気だったけど？」

などと言っているが、オルトが本気でないのは明らかだった。

エレシュリーゼは苦笑しつつ、刀を抜いてくれたことを嬉しく思った。

エレシュリーゼがオルトに勝負を申し込んだのは、思い出して欲しかったからだった。自分から「お久しぶりですわ」などと言って、「は？　いや、誰？」と言われたら――。

「…………」

エレシュリーゼは想像しただけで泣きたくなった。

ならば、戦ってオルトに思い出してもらうしかない。この世界に、オルトと同じ絶剣流を使う剣士はいない。

きっと、オルトは自分を思い出してくれる……そう信じて、エレシュリーゼはこの剣での立ち会いに臨む。

「では、行きますわ！」

エレシュリーゼは鋭く踏み込み、オルトに向かって剣を振り下ろす。

「ん？」

オルトは一瞬、首を傾げたが――すぐにエレシュリーゼの剣を刀で受け止める。

金属同士が衝突し、甲高い音が鳴り響く。

それからお互いに一歩も引くことなく、足を止めて刃と刃を打ち合う。

「はあ！」

「っとと……」

第三者から見れば、攻めているのはエレシュリーゼであった。優勢に見える。だが、戦っている当人からすれば、実際は逆だ。

エレシュリーゼは、「これだけ攻めているのに有効打がない」ということに気づいていた。実際、激しい攻防が繰り広げられているが、オルトは一太刀も受けていない。

だが、逆も然り。

エレシュリーゼも、一太刀も浴びていない。

「くっ……」

エレシュリーゼはなんとしても一太刀浴びせるため、オルトの隙を突き、加速――剣を水平に薙ぐ。

躱すことが困難な一振り。

エレシュリーゼの剣は、完全にオルトの首筋を捉えていたが――すぐに驚愕した。

目の前にいたオルトの姿が、忽然と消えてしまったからだ。

エレシュリーゼは人一人が目の前から消える現象に驚いた。と、その直後――全身に走った悪寒に対し、エレシュリーゼはほとんど反射的に反応。

全身を炎として霧散させる。と、先ほどまでエレシュリーゼの体があった空間に刀が振るわれた。

「なっ……!?」

エレシュリーゼはすぐに距離を取り、肉体を再構築する。

エレシュリーゼの視線の先には、姿を消したオルトが泰然と刀を肩に担いで立っていた。凄まじい剣速だった。本来なら、エレシュリーゼでは避けることの出来ない一振り。

避けられたのは運と勘が良かったからだ。

「さすがは……オルト様ですわね」

エレシュリーゼがぽつりと賞賛の言葉を口にすると、オルトは顎に手を当てる。

「んー……なんか、お前の剣。どっかで見たことあるんだよなあ……」

「っ!?」

気付いた!?

エレシュリーゼはその言葉を待ってましたと言わんばかりに、瞳を輝かせる。もしも彼女に尻尾があったら、それはきっと嬉しそうにブンブン振っていたことだろう。

オルトはしばらく思い出す素振りを見せた後、

「…………まあいいか」

「よくありませんわよ！」

結局、エレシュリーゼは自らカミングアウトした。

※

「……見覚えのある剣だと思ったが。そうか」

俺は第五階層で出会った少女のことを思い出す。

そういえば、丁度エレシュリーゼに似た紅色の髪をした、綺麗な少女だった。

お互いに刃を収めた俺達は、崖に隣合って腰を下ろしていた。

エレシュリーゼは困った、それでいて嬉しそうな苦笑を浮かべる。

「やっと気づいてくれましたわね……オルト様」

「…………様付けは勘弁してくれ。背中が痒くて仕方ねえ」

「では、今まで通りオルトさんと」

「ああ、それで頼むわ」

エレシュリーゼは微笑する。

「会えて、嬉しいですわ。あの時、突然いなくてなられたものですから……幻か何かかと当時は思っていましたわ」

「あの時は、丁度あんたの迎えが来たみたいだったからな。俺も俺で上層に向かう用があったんで、迎えに任せたんだよ」

「……オルトさんが目指していらっしゃったのは、この第九〇階層ですわよね？　迷宮を攻略して」

「ああ、まあな」

「それなら、あの時……わたくしと一緒に第九〇階層まで行けばよかったのでは？」

エレシュリーゼの言葉に俺は首を横に振る。

「エレシュリーゼが、どっかの貴族だっつーのは見て分かった。それも考えたけどな」

俺はあの騎士の言葉を思い出す。奴は俺に、「強くなって登れ」と言った。

「まあ、過ぎたことだしな」

言うと、エレシュリーゼは顔を俯かせる。

「そう……ですわね。過ぎたことですものね……。あの、それでオルトさん。わたくしの剣、どうでしたか？」

「ん、そうだな……結構様になってた。魔法に剣術……魔法剣士ってスタイルを取ったのは、悪くねえんじゃねえか？」

「っ……！　あ、ありがとうございますわ」

エレシュリーゼは赤面しながら言った。

しかし、中々面白い剣だった。エレシュリーゼはわざわざ、俺に剣術を見せる戦い方をしていた。故に、あれは彼女本来の戦い方ではない。

魔法剣士の利点は、流動化による物理攻撃の無効化をしながら、近接戦で優位に立ち回れること。加えて、遠近距離と、幅広い間合いで戦うことができる。

仮にエレシュリーゼが本気で俺を倒すために戦うのであれば、流動化を無効化する俺とは距離を開けて戦うだろう。

つまり、俺の間合いの外から超高火力の攻撃を連発する。俺としては中々に厳しい戦いだ。

剣の立ち会いでは誰にも負けるつもりはない。

「あ、そろそろ予選も終わる頃でしょうか」

「ん……もうそんな時間か？」

「ブロックによりますけれど。Bブロックは、きっとレシアさんが勝ち進むでしょう。Cブロックはどうでしょうか……」

「Cブロックっつったら……そうだなあ。まあ、順当に実力だけで言えば、モニカが勝つんじゃあねえかねえ」

「そうでしょうね」

エレシュリーゼも俺と同じ意見だったことに、多少なりとも驚く。

エレシュリーゼはそんな俺に、訝しんだ目を向ける。

「なんですの？」

「いや、てっきり三年のAクラス次席を推してくるかと。同じブロックにいるって聞いたぜ？」

「バカにしないで下さいませ。わたくし、これでも人を見る目には自信がありますの。あのモニカという学生、魔法センスだけなら、わたくしと同等ですわ」

「へえ……」

俺はそこまで見抜けなかった。

俺がモニカと出会ったのは、危うく強姦されかけた時だった。その時、一目見て「あ、こいつ強いな」と感じた。

とはいえ、それはあくまで武力の話。平民である彼女は、貴族に逆らうことが出来ない。

俺はエレシュリーゼのことを笠に着て逆らってるけど。

「まあ、決勝のカードはそこそこ面白いことにはなりそうだよなあ」

俺は顎を手に乗せて呟く。

レシアかモニカに当たった時は、さすがに辞退しようかと思っている。レシアには格好良い姿を見せるために戦うのもありかと思うが……正直、レシアを前にして真面に戦える気がしない。

モニカと当たったら、本気で勇者を目指す彼女には失礼だと判断し、辞退するつもりだ。これが勇者になる実力がなく、気に食わない相手であれば全力で潰してもよかったが。

俺がそう言うと、エレシュリーゼは首を傾げた。

「随分と上から……いえ、師匠ですものね。しかし、謙虚さは大事だと思いますわ」

「知るかよ、んなもん。それで負けりゃあ、そん時はそん時だ」

「なるほど……オルトさんらしいですわね」

エレシュリーゼは言って、溜息を吐いた。それから、エレシュリーゼの身に纏う雰囲気が変化する。

「それで、レシアさんが相手だと真面に戦えない……というのは、どういった意味で？」

「んあ？　そういえば、俺が第九〇階層に来た理由言ってなかったな……。そうだなあ……」

レシアが俺と同じ出身だと言うのは、エレシュリーゼが相手でも伏せるべきだろう。

俺はその部分を濁し、レシアに告白するために来たということを述べた。

すると、エレシュリーゼの瞳から光が消えた。

「それはつまり、レシアさんのことが……異性として好きであると？」

「まあ、そうなるけど……。どうした？　なんか怒ってんのか？」

「お、怒ってませんわよ！」

エレシュリーゼは、なぜか怒っていた。

※

「オルトさんは……わたくしと会ったあの時から、ずっとレシアさんに会うために上層を目指していらっしゃったのでしょうか？」

「ああ、まあ、そうだな。八年……いや、もっとかねえ。もう一〇年以上の片想いだわな」

我ながら女々しいなと付け足す。

エレシュリーゼから歯軋りの音が聞こえた。

「そ、そうですの……ふ、ふーん……。しかし、レシアさんには婚約者がいらっしゃいましてよ？　告白などしたところで無駄ではありませんこと？」

「いや、そりゃあ、そうなんだけどさ。面と向かって言わないでくれ。死にたくなる……」

　相手がいるかもしれないと想像するだけで――胸が締め付けられる。

「オルトさんは、本気でレシアさんのことが好き……なのですわね」

「ああ、まあな。だっつーのに、俺は何やってんだか。告白もままならないまま、顔を合わせれば喧嘩ばっかだ」

「わたくしには堂々と好きだと言えるのに、本人を目の前にすると言葉が出ない……ということですの？」

「そういうことだな」

「意外ですわね。オルトさんなら、ガツガツというか……もっと積極的に動きそうですけれど」

　俺もそう思っていた。

　実際、他人には、はっきりと、「レシアが好きだ」と言える。この気持ちを恥じることはない。だから、堂々と言える。

　しかし、本人を前にすると……。

「まあ、あんまし長い時間かけてもらんねえし。早い内にけりは付けるつもりだ」

　肩を竦めて言うと、エレシュリーゼは夕焼けの空を仰ぐ。そろそろ、太陽の光が消えて夜がくる。

「……そうですわね。早く自分の気持ちを伝えて玉砕して下さいな」

「ひでえ……」

「そしたら、傷付いたオルトさんを、わたくしが慰めて差し上げますわよ。それから……」

「それから？」

「っ……い、いえ！　なんでもありませんわ……。とにかく、さっさと次の恋を探すことですわね！」

「おいちょっと待て。俺はもう振られることが前提なのか？」

「わたくしとしては、そちらの方が好都合ですので」

エレシュリーゼは言いながら立ち上がる。

「さあ、オルトさん。そろそろ戻りましょう。決勝進出者の発表があるでしょうから」

「そうだなあ……。ぼちぼち、戻るかねえ」

俺も立ち上がり、二人で懐古談をしながらフェルゼンの闘技場へ戻った。

※

闘技場へ戻ると、控室に決勝カードが張り出されていた。

決勝の出場者は、読み通りだった。

Aブロックは俺――オルト。

Bブロック――レシア・アルテーゼ。

Cブロック――モニカ。

Dブロック――バルサ・キボンヌ。

「まあ、やっぱり、こんな感じか……っと。一回戦は俺とバルサって野郎だなあ」

俺は決勝の対戦相手を確認する。

ふと、視線を感じた俺は周囲に目を配る。控室には予選を終えた選手達が、明日行われる対戦カードが気になっているのか、わらわらと集まっていた。

その選手達の視線が俺に注がれている。

「なんか妙に視線が集まってんな」

呟くと、それに答えるかのように、

「それはそうだろうね。君は今、優勝候補筆頭だからね。いやいや、全く……予選の戦いぶりは見させて貰ったよ。いや、天晴《あっぱ》れだったね」

「んあ？　誰だあんた」

声をかけてきたのは、身なりの良い膨《ふく》よかな体をした男だった。見たところ、制服を着ており、控室にいるということは選手なのだろう。

俺がそう言うと、男は顔を引きつらせ、その横に控えていた従者が声を荒げる。

「き、貴様！　このお方がどなたか知らないだと!?　無礼な！　このお方は、ノブリス騎士団第九〇階層の副団長殿のご子息であらせられるバルサ・キボンヌ様だぞ！」

「あ……？　騎士団だあ？」

「ひっ……」

つい、騎士団の名前が出て従者を威圧してしまう。

周囲の空気も一瞬で変わってしまい、俺は慌てて殺気を抑え込む。

「悪いな……。昔、騎士団と揉めてな。以来、あんまし良い思い出がねえんだ」

表面上だけ詫びると、バルサは取って付けた笑顔を浮かべる。そして、震え声で応答する。

「そ、そそそそうかい……？　あは、あははは……そ、そうだ。次は、君と僕で戦うんだったね」

「ああ」

「そ、それで……どどどとどうだろうか？」

バルサは周囲から見えない、しかし、俺には見える角度で、懐にある金貨をチラつかせる。

「ふうん？　それで負けて欲しいってか？」

「は、話が早くて助かるねえ……あはは……はは……」

「悪いけど金に興味はなくてな」

「な、なら、女とかどうかな？」

バルサは俺の顔色を窺いながら尋ねる。

もはや、俺がバルサに対して高圧的な態度を取っていても、従者から咎められることがなくなった。

「女ねえ……それもいらねえ」

「そ、そっか！　な、なら何がいいかな!?　な、なんでも君の望むものを用意す、すすすすするよ!?」

賄賂。

このバルサは見るからに戦闘の出来る男じゃない。どうやって予選を勝ち抜いたのかと思ったら、賄賂……。

呆れた。

「……てめえが騎士団の人間じゃなけりゃあ、ちっとばかし譲歩はしたかもしれねえな。残念だったな。交渉の余地はねえよ」

「なっ……ぼ、ぼぼ僕に逆らったらゆ、勇者だって黙ってないんだぞ!?　き、今日、来てた旋風の勇者は騎士団の勇者で――」

「だからどうした？」

「ひいいいい!?」

再び威圧すると、バルサは尻餅を付いて倒れた。

俺はそんなバルサを置いて、控室を後にした。後ろからはバルサの声が聞こえる。

『ち、ちくしょう！　最下層の屑が！　金貨を見せればイチコロだと思ったのに！　話が違うじゃないかあああ！！！』

悪いけど。俺は金じゃあ釣れない。俺を釣るなら、レシアを連れて来な。

俺はそのまま足を止めず、闘技場を後にする。

しばらく歩いた先で、例の勇者達が待ち構えていた。

「貴殿が、オルト……であるな？」

初めに口を開いたのは無精髭が渋いおっさんである。

「少しだけ話しを聞いてもいいかな～？」

後に続いたのは、レシアよりも色の薄い金髪をツインテールに結んだ女だった。

それぞれ、『鉄壁の勇者』『剛拳の勇者』だったか。

最後に俺を遠目から睨んでいるのは、『旋風の勇者』だろう。オールバックにした茶髪で、厳つい顔付きをしている。表情から俺が気に食わないというのが、ひしひしと伝わってくる。

「なんか用か？」

俺が普段の調子で聞くと、『旋風の勇者』が顔を顰《しか》めた。

※

「おい、貴様……最下層の下民が。なんだ、その態度は？」

『旋風の勇者』は鋭い視線を向けてくる。

それを諫めるためか、『剛拳の勇者』が口を挟む。

「ちょっと、オスコット……そんな態度しちゃダメだよー？」

「お前は黙っていろ平民。俺はな、自分よりも下の人間が偉そうにしているのが気に食わんのだ。立場を弁えろ。下民」

『旋風の勇者』――オスコットは、俺を見下した目で見る。

なるほど。

俺は薄く笑みを浮かべる。

「奇遇だなあ。俺も、そういう輩は好きじゃあねえな。だが、態度を改めるつもりはねえよ」

オスコットは思いっきり顔を顰め、不快感を隠そうとしない。対して俺は、浮かべた笑みを絶やさない。

俺とオスコットの睨み合いに、『鉄壁の勇者』が割って入る。

「落ち着くのだ二人とも……。オスコットよ。我らは、この者と争いに来たわけではないはずだ」

「ちっ……」

『鉄壁の勇者』の言葉に、オスコットは舌打ちしながらも従った。

剛拳と鉄壁は溜息を吐きつつ、俺に向き直る。

「すまぬな。悪い奴ではないのだ」

「別に構わねえよ」

「うむ……助かる。我輩は『鉄壁の勇者』ダルマメット・イルカンダル。先の男は『旋風の勇者』オスコット・エヌワールと申す」

「あたしは『剛拳の勇者』セインだよ！　よろしく！」

「ああ、俺はオルト。よろしく頼むわ」

俺達は自己紹介を済ませる。

こいつらは、今日行われていた勇者選抜戦に来ていた。なぜ、俺に声をかけてきたのだろうか。

俺は手早く終わらせようと、こちらから切り出す。

「それで、一体俺になんの用なんだ？」

「うむ……単刀直入に言おう。オルト。勇者となり、我らと共に戦わぬか？」

「断る。それで、なんでだ？」

「理由聞く前に断った⁉　ちょ……な、なんでなんで⁉」

俺が誘いを断ったのがそんなに驚くことだったのか、セインと名乗った女が声を荒げた。

溜息を吐き、簡潔に答える。

「興味ねえから」

「きょ、興味って……。勇者になったら、たくさんお金も貰えるし、みんなから褒められるよ？本当にいいのー？」

「いらん」

「ふんっ！　下民が……見栄を張るんじゃない。お前みたいな貧乏人が金に困っていないわけがない！　そういえば……お前はエレシュリーゼ・フレアムの推薦だったな？　武力の高さを買われて養われているのか？　恥知らずめ！」

いや、そんな事実はないわけだが……。

俺は面倒臭く思って頭を掻く。

「俺は別に、金になんざ困ってねえよ。いいから、理由を話せ。理由を」

オスコットは再び舌打ちする。それから何か言いかけたが、ダルマメットが目で制した。

「話が進まんな……。それで、理由であったな。簡単な話だ。我ら三人が束になっても防げない一撃……無論、普通の手合いではどうなるか分からんが、少なくとも勇者と同等の能力があるだろう。貴殿ほどの逸材を、いつまでも学生のままでいさせるのは宝の持ち腐れだ」

だから、俺をさっさと勇者にしたいらしい。断るけど。

「勇者に興味がないなら、どうして養成学校に入ったのさ？」

セインが口を尖らせて尋ねる。

「まあ、そりゃあ、俺の事情だからな。話す必要も義務もねえわな」

「ぶーケチ！」

ガキか。この女……。

ダルマメットは手を顎に当て、逡巡する素振りを見せる。

「ふむ……。本人にその気がないのなら、こちらも無理にとは言わぬが……。しかし、セインが指摘した通り解せぬ。貴殿が、養成学校に入った理由を話す必要も義務も確かにない」

「しかし、変な勘繰りをされたくなけりゃあ話せってか？　悪いがプライベートなことなんでな。会ったばっかのてめえらに話す内容じゃあ――」

そう言いかけて、何やらセインの髪に生えていたアホ毛がピンっと立った。

「分かった！　恋だね？　恋でしょ？　恋だよね？」

「ぶっ⁉」

思わず吹き出してしまうと、セインがニヤニヤした顔を付きで迫る。

「おやおや少年～青春だね～。ふっふっふ～」

「う、うるせえ……」

「お相手は誰よ？　も、もしかして……エレちゃん⁉」

「いや、誰だそいつは……。エレシュリーゼのこと言ってんなら違うからな？　おいなんだその目は……違うからな⁉」

「恋っていうのは否定しないんだ？」

「…………」

しまったというのが顔に出ただろう。セインはニヤニヤと腹立たしい表情を浮かべたまま、うんうん頷く。

「そっかそっか……なら、ここはお姉さんが君の身の潔白を保証してあげよう！　だから、二人とも！　オルトくんはだいじょーぶ！」

「おいおい……そんなんで大丈夫って本気か？」

オスコットが頬を引きつらせて問いかける。セインは「ノープロブレムだよ！」と親指を立てた。

オスコットは肩を落とした。

「ふむ……。我輩としても大丈夫かどうか、甚だ疑問ではあるが……しかしだ。セインの勘はよく当たる。きっと、大丈夫なのだろう」

「そう！　ノープロブレム！　青春する男の子に悪い子はいないのさー」

果てしなくうざかった。

俺がげんなりした表情を浮かべると、セインが肩を竦めて口を開く。

「あーあー。でも、残念だなー。凄い強くて将来有望だから、唾付けておこうと思ったんだけど……」

「んあ？　そりゃあ、悪いな。俺は一〇年以上の片想いでね。簡単には諦めるつもりねえぜ？」

「うわお……すっごい一途だ。……うん！頑張ってね！」

※

ダルマメットは難しい表情を浮かべ、重い口を開く。

「ううむ……まあ、今すぐにというのも気が急いた。また後日、改めて尋ねることにする」

「なんど来ても、変わらねえと思うけどな」

「しかし、貴殿の力があれば、未開拓領域の調査が今よりもずっと早く行われる。我輩としては、貴殿に勇者として力を振るって貰いたいのだ」

俺は肩を竦めることで、返答の代わりとする。

ダルマメットは苦笑し、オスコットは顔を顰めた。二人は踵を返し、残ったセインは少しだけ俺との距離を詰める。

「ねえ、今度お茶しようよ！　オルトのこと、結構気に入った！」

「へえ……俺の溢れんばかりの魅力に惹かれちまったようだなあ……ふっ」

「あはは！　面白いこと言うね～。それじゃあ、またねー！」

セインも手を振りながら二人の後を追う。

俺は腰に手を当てて苦笑した。

「いやあ、モテる男は辛いぜえ……」

完全にナルシストである。

やれやれと、格好を付けて首を横に振る。と、俺は妙な気配を感じ、天を仰ぐ。

「……？　上からすげえ量の、モンスターの気配が……」

こっちに向かって来ている……？

速度から考えて、明日の朝方には第九〇階層まで降りて来るだろう。モンスター達は全て、第九〇階層より上の階層からやって来ている。かなり強いモンスター達で、数は一〇万ほどだろうか。

「…………」

俺は一人、迎撃に向かおうかと考えたが……放置することにした。

「この規模ってなると、どっかのバカたれが指揮執ってんだろうな」

早くから対応してしまっては、敵も警戒して姿を現さないかもしれない。なら、ここで迎撃した方がいいだろう。

そう判断し、俺は養成学校の寮に戻ろうと足を進める。すると、道中で壁に背を預けて立つラッセルに遭遇した。

「おい、オルト。上からモンスターの大群が迫ってるが、どうするつもりなのだ？」

「……俺はとりあえず放っておくつもりだけど、てめえは？」

「貴様と同じだ。なら、特に意思疎通も必要はさなそうだな……。他の連中は特に気づいていないようだが、そこはどうする？」

「言っても信じねえ……ああ、いや、一人だけ便利な奴がいたっけか」

俺はエレシュリーゼの顔を思い浮かべる。

エレシュリーゼなら俺のことを信じてくれるかもしれない。

しかし……。

「まあ、報せる必要はねえわな」

「そうだな。それで敵が警戒して出て来なければ意味がない……とはいえ、万が一にでも街に被害があれば、一緒に自首するぞ」

「いやだなあ……」

何が悲しくてラッセルと自首なんてしないといけないのか。

俺は肩を竦める。

「まあ、あれだ。俺が五万片付けて、てめえが五万片付けりゃあ問題ねえだろ。多分。知らんけど」

「適当過ぎるだろう……。しかし、それが確実ではある」

ラッセルは言いながら頷く。

「明日の朝方……か。丁度、決勝と被りそうだ」

「そうだなあ。まあ、対戦相手が予想外の小物だったんでな。別に不戦敗でも構いやしねえ」

「そうか」

ラッセルは満足げに頷く。それから、数秒の沈黙を挟む。

「……俺は、貴様なら迷わず一〇万のモンスター達と戦うと思っていたぞ。前にも言ったが、貴様は悪い奴ではない」

「そりゃあ嬉しい評価だな」

「ああ、人々のために力を振るうのなら、どうして勇者になることを拒むのだ？」

ラッセルの問いに、俺は押し黙る。

「……なあ、ラッセル。てめえは俺が、他人のために剣を振る善人に見えんのか？」

「……まあ、貴様がそう言うなら、そう言うことにしておく。はっはっはっ！　それより、惚れた女とは、どうなっているのだ？」

「急に話が変わりやがるな……。まあ、特に進展はねえよ」

げんなりとした顔で言うと、「情けない奴だな！」とラッセルがいつも通り鬱陶しい笑い声を上げた。

俺はイラッとして、ラッセルの脇腹をど突いた。

そして翌日、寮で目を覚ました俺は一人……階層都市フェルゼンを後にした。

※

翌日。

勇者選抜戦本戦の第一回戦が朝方始まった。

オルトVSバルサの試合――特にオルトの噂を聞きつけた観客達が、会場を埋め尽くしていた。

すでに対戦相手であるバルサは、肩を震わせてオルトを待っていた。

しかし、試合の開始時間になったが……幾ら待ってもオルトが会場に現れることはなかった。

※

特等席に座り、オルトの勇ましい姿を心待ちしていたエレシュリーゼは不安げに顔を歪める。

「ふん……所詮は下民だったということだろ。怖くて逃げ出したに違いない」

近くに座っていたオスコットの言葉に、エレシュリーゼは目を吊り上げる。

「オルトさんはそのような方ではありませんわ」

エレシュリーゼに続き、セインとダルマメットも口を開く。

「あたしもそう思うな～」

「うむ。実力から考えても逃げる道理がない。何か理由があるのだろう……。オスコットよ。貴様、昨日から妙にオルトを目の敵にしているな」

「ちっ……気に食わないのさ。下層の……それも最下層の屑が、上層で幅を利かせているのがな」

オスコットは伯爵家の長男として生を受け、勇者として能力を認められてから、若くして家督を継いでいる。そんな自分に誇りを持っており、自信もある。故に階級社会の思考に染まっている彼は、オルトという異分子をどうにも認められないでいた。

エレシュリーゼは溜息を吐き、姿を現さないオルトの身を案じる。

一方、控室で待機しているモニカとレシアの間には、どこか気不味い雰囲気が流れていた。

レシアは凛とした姿勢を崩すことなく椅子に座り、目を閉じて瞑想をしている。

モニカは場の沈黙が妙に重たく感じてしまい、困った笑みを浮かべる。

「ええっと……」

何か話題を……と、モニカは口を開く。

「オルトくん……どうしたんでしょうね？」

「…………」

モニカがオルトの話題を出すと、レシアは目を開ける。そして、すぐに不機嫌を隠すことなく顔を顰める。

「……さあ、彼の考えることはよく分かりませんから。逃げた……というには、対戦相手がお粗末過ぎます」

レシアは闘技場の方を一瞥する。

闘技場と控室を繋ぐ連絡通路から、一部ではあるが闘技場が見える。

その見える範囲で、バルサが震えているのが見えた。

レシアは嘲笑を浮かべる。

「まあ、対戦相手に呆れて試合を放棄した……というのはあり得なくないでしょうけれど。彼は元々、勇者になることには、あまり関心がなかったようですし」

レシアがそう言うと、モニカは瞬く。

「ええっと……そうなんですか？」

「ええ。間違いありません」

「そうですか……。そんなに断言出来るほど、仲が良いんですね？」

「え？」

モニカに言われて、レシアは一瞬だけ呆けてしまう。しかし、すぐ我に返り、口をぱくぱくさせる。

「ち、ちがっ……そ、そんなことは……ありません。彼とは全くこれっぽっちも仲良くありま

せんから。か、勘違いしないで下さい！」

「そ、そうですか……えっと……」

どう見ても、やはり、仲良しに見える。

昨日も言い争いを見ていたモニカからしたら、あれだけ言い合えるのは……お互いを理解し合っていなければ、中々出来ないだろう。

そう、この学校で知り合ったにしては、お互いのことを知り過ぎている気がしてならないのだ。

まあ、オルトとレシアの関係はモニカにとって問題ではない。モニカとしては、オルトが早くレシアに告白をして、玉砕してくれることの方が、都合が良い。飽くまで私情だが……。

とはいえ、ここでオルトのことを貶めることを言えるほど、モニカは悪い女ではなかった。

しかし、実際レシアがオルトのことをどう思っているのかは気になった。

「………あの、レシアさん。もし、オルトくんに告白されたら……どうしますか？」

だから、モニカはそんなことを口にした。

尋ねられたレシアは時間が止まったかのように動きを止めた。それからしばらくして、ほんのりと頬を赤く染める。

「……お断りします。勿論。私には、婚約者が……いますから」

「そうですよね」

モニカは少しだけ安心し、安堵の息を漏らした。

「それにしても……来ないですね。オルトくん」

控室の出入り口に目を向けてモニカは言った。

レシアも釣られて視線をそちらへ向ける。

「そうですね」

レシアは、ただそれだけ口にした。

それから、数秒後のことだった。突然、階層都市フェルゼン……否。第九〇階層全域にサイレンの音が鳴り響いた。

敵襲警報だ。

※

「状況はどうなっていますの？」

突然の警報ながら、エレシュリーゼは迅速に対応をしてみせた。

闘技場にはエレシュリーゼを含めた勇者が四人いるため、市民を一纏めに集めて防備を固めた。

さらには、作戦本部を闘技場に置き、状況整理を早くから始めることに成功した。

作戦本部では、勇者や各代表が議論をしている。その中には騎士団代表として出席していたレシアの姿もあった。

「市民の避難誘導は完了致しました！　選抜戦のため、多くの市民が闘技場に集まっていたのが幸いしました」

「そうですわね……それで、敵はどうですの？」

「はっ……敵はモンスターが一〇万。上層の迷宮を通って移動。現在第九〇階層の迷宮を降下中とのことです」

一〇万のモンスターが一斉にこちらへ向かっているという報告に、作戦本部にいた勇者達や居合わせた者達がギョッとする。

エレシュリーゼはその報告を受けて思考を巡らせる。

「……こうなれば、騎士団や評議会の力も借りる必要がありますわ。レシアさん」

「はい」

エレシュリーゼに呼ばれたレシアは、椅子から立ち上がる。

「これは危機的状況ですわ……。今は、王家や騎士団関係なく、協力をお願い致しますわ」

「当然です。騎士団は……微力ながらお手伝いさせて頂きます」

「感謝致しますわ」

エレシュリーゼは騎士団から協力を得て、これからの方針を固めるために代表達と早急に意見を合わせる議論を始める。

「モンスター達は迷宮から出た後、フェルゼンに向かっているとのことですわ」

「ふむ……。さすがに、勇者四人がかりであっても一〇万は厳しい」

「うーん……でも、一〇万のモンスターってなんか変だよね？」

セインの言葉に、オスコットが相変わらず不機嫌な表情のまま口を開く。

「……つまり、一〇万のモンスターを率いてる親玉がいるってことだな」

「そうそう！　ねえ、エレちゃんはどう思う？」

「セインさん……エレちゃんはやめて下さい……。そうですわね。わたくしも、その線が濃厚かと」

「ならば、その親玉さえ倒してしまえばなんとかなる……か？」

ダルマメットの考えに一同は、肯定も否定もしなかった。どちらとも言えないからだ。現状、情報が少なすぎる。

エレシュリーゼは額に手を当てる。

「とにかく……迎撃の準備を致しましょう。数が数ですわ。わたくし達、勇者が前に立ち、他に戦える者達で戦うしかありませんわ。常備軍は、市民を守って下さいまし……異論は？」

誰も異を唱える者はいない。

エレシュリーゼは頷き、早速迎撃準備を始める。

「こんな時、師匠がいらっしゃったら……」

百人力だというのに……。エレシュリーゼは無い物ねだりをしても仕方ないと、頭を振って自分の頬を叩いた。

自分がしっかりしなければ……と気合を入れる。

そんなエレシュリーゼを尻目に、騎士団の指揮を執ることになったレシアも気合を入れるためか、深呼吸をしていた。

「すう……はあ……。さあ、では騎士団のみなさん、これより私が指揮を執ります。半分は市民の護衛を。もう半分は、私と一緒にモンスター達と戦って下さい」

レシアの透き通る声が騎士団各位に伝わる。

やはり、ここでも異を唱える者はおらず、モンスターと戦う準備は着実に整っていく。

しかし、敵は一〇万……それぞれの胸に、拭いきれない不安があった。

※

レシア・アルテーゼは、所属している四大勢力の一つ——ノブリス騎士団の騎士達に指示を飛ばす。

彼女は、騎士団の中でも最上層騎士の称号を与えられた騎士だ。強い階級社会主義である騎士団において、レシアの階級は騎士団長の次に高い位。故に騎士達は、レシアが女であるからと侮ることはない。

レシアは、一通り指示を出すと疲れたのか、設営されたテント内で溜息を吐く。

街にある二つの出入り口を封鎖させ、防衛線の準備も急ピッチで進められている。

「あ、お疲れ様です。お水いりますか？」

「……モニカさんですか。いただきます」

モニカはテントに物資を運んできたのか、手には木箱が抱えられていた。

「私のお水ですけど……はい、どうぞ」

「ええ、ありがとう」

木箱を置いたモニカは、テーブルに置いてあったコップに自身の魔法で生成した水を注ぎ、レシアに手渡す。

「ん、美味しいですね」

「ありがとうございます」

モニカははにかんだ。

「少し意外です……」

「意外？」

「あの……こんなこと言うのも失礼だとは思うんですけど。レシアさんって、とっても高貴なお人なので……私みたいな平民とは馴れ合わないと思っていました」

「こ、高貴ですか……」

レシアは後ろめたく思い、モニカから視線を外した。

モニカはそれを不思議に思い、首を傾げた。

レシアは、咳払いをする。

「こ、こほん……。それより、なぜモニカさんがこちらに？」

「あ、志願したんです！　こんな大変な時に何もしないのは……ちょっと。だから、出来ることをしようと思ったんです」

「そうですか……」

レシアは勇者選抜戦の予選で、モニカの実力を見ている。彼女の特筆すべき点は、回復魔法だ。

「モニカさんには後方で負傷した戦闘員の回復をお願いします」

「はい！　分かってます！　任せてください！」

モニカは水属性魔法との親和性が高い。攻撃力は低いものの、水属性魔法は回復・治癒に優れている。その上、モニカは『エレメンタルアスペクト』を使うことができる。レベルだけなら、学生レベルではないだろう。

そういう意味で、レシアはモニカを評価していた。

「あまり無理はしないで下さいね」

「はい、お気遣いありがとうございます。……？　それは？」

「え？　ああ、これですか？」

モニカはレシアが懐から出した物が気になり尋ねた。レシアが懐から出した物は、丸い球状の物体。完全な球ではなく、所々凸凹していた。

見たところ、芋に見えなくもないが……まさかレシアが芋などといった平民が食べる物を、懐に入れていないだろう。だが、このモニカの予想に反して、レシアはしれっとした態度で「芋ですよ」と答えた。

「え……芋ですか？」

「ええ。ただの芋です。正確には、岩食い芋という芋です」

「岩食い？」

岩食い芋は、その名前の通り土ではなく、岩に根を伸ばして成長する下層で取れる芋だ。栄養価が高く、気つけに一つ食べるのが良いとされる。下層の食糧事情を支える数少ない食べ物だ。だが、正直な話……味が悪い。

そんな下層の芋をモニカが知るわけがなく、小首を傾げた彼女にレシアは苦笑した。

「この芋を……何か大事の前に食べるのが習慣なんです。深い意味はないのですが……。なんとなく、食べたくなるのです」

レシアは蒸した芋を齧る。やはり、味は良くなかった。しかし、思い出す。幼少の頃、良く食べていた。想い出の味である。

「さあ、それでは仕事に戻りましょう」

「あ、そうですね！　私もまだ、物資を運んでる途中でした！　失礼します！」

モニカは思い出すと、慌ててテントを飛び出す。残されたレシアは、岩食い芋を平らげると一息吐く。

この芋を食べると、ついつい昔のことを思い出してしまう。今はもう色褪せてしまった大事な記憶。大切な想い出。その中心にいる少年の顔。

「はあ……これじゃあダメね。あたし……」

レシアは手近な椅子に深く座り込み、天を仰ぐ。

「……さあ、しっかりしなさい。レシアっ。まずは、モンスター達をなんとかしないと……」

気合を入れ直すために、自分の頬を叩く。

そして、現場に復帰したレシアを中心に防衛線は滞りなく完成。

エレシュリーゼの方も部隊編成が完了し、四人の勇者を筆頭にモンスターの大群に対する準備は万全。

それからおよそ数十分後。

開戦を報せる気味の悪い羽音が戦場に響く。

「来ましたわね……」

勇者であるエレシュリーゼは対モンスター連合軍の先頭に立っていたため、その羽音を誰よりも早く聞いていた。

続いて、レシアも騎士団の先頭で白馬に乗っていたので、その羽音が聞こえた。

次第に肉眼で確認できる距離になると、戦場に立っていた者達全員が息を呑んだ。

「あれは……」

「うわお……すっごいね……」

「っ……なんだ、あれは……」

ダルマメット、セイン、オスコットらは、それぞれ異様な光景に戦慄する。

彼らの視界には、空と大地を埋め尽くす黒い有象無象が見えていた。その全てがモンスター。それを理解した者達は、みな当然の如く戦慄し、恐怖する。エレシュリーゼでさえ、あまりの数に驚愕していた。

唯一の例外は、レシアだった。

「ん……何かいますね」

レシアはモンスターの群れの中を注意深く観察していた。その中に、一匹だけとてつもない大きさのモンスターが、陰に隠れて向かって来ていた。

そのモンスターは次第にその巨躯を露わにする。

強靭的な四肢、獰猛な爪や牙、鋭い眼光……膨張した筋肉は赤黒い肌の上からでも、細かな動きが分かるほど発達している。

『――ガアアアアアアッ！』

咆哮――。

それと同時にモンスターの群れが散り散りになる。群れの中から現れたのは――。

「ま、まさか……！　あれは第二〇〇階層にいるベヒーモス!?」

オスコットが叫ぶ。

セインもダルマメットも、実際見たことがあった。だから、オスコットの見間違いではない。

現在、勇者達は第二〇〇階層より上の階層の調査が滞っている。その原因こそ、あの巨大なモンスター……ベヒーモスだった。

勇者一〇人がかりでも倒すことが出来ないとされる、超危険なモンスターである。

「あ、あれは……あれは無理だ！　後退だ！　後た――」

「騒ぎ過ぎです」

オスコットが後退の指示を飛ばそうと……それを遮ってレシアが馬から降りて言った。オスコットは怯えた表情で訴える。

「バカ！　お前はあれと戦ったことがないからそんな平然としてられるんだ！　あれは本当の化物なんだよ！　もうこの階層は終わりなんだよ！」

事実、オスコットの言う通りベヒーモスは化物だ。セインやダルマメットも否定しない。エレシュリーゼは、ベヒーモスと交戦していないため、否定も肯定もできなかったが……少なくとも強敵であるのは理解できる。

レシアはそんな弱腰な勇者達に半眼を向ける。

「……はあ。それでも、勇者ですか？　いいでしょう。あのベヒーモスというモンスターは、私一人で相手をします。その間、モンスター達はお願いします」

「なっ……しょ、正気か!?」

「正気ですが？」

レシアは手に例の槍を出現させ、ベヒーモスに向かおうと歩き出す。エレシュリーゼは幾らなんでも一人では行かせられないと、彼女も馬から降りる。

「れ、レシアさん！　お一人では……」

「エレシュリーゼ様は前線にお残り下さい。指揮を執る者がいなければ、一〇万のモンスターを退けるのは難しいですから」

「レシアさん！」

レシアはエレシュリーゼの制止も聞かず、地面を蹴って駆け出す。

一体、彼女の体のどこからその力が出るのかと疑問に思う膂力で、一瞬で加速。モンスターの大群の中心に、単身で乗り込む。だが、ベヒーモスの周囲は、むしろモンスターがいない。他のモンスター達も、ベヒーモスを恐れているからだ。

「まあ、予想通りといったところでしょうか……ん」

レシアの眼前には、既にベヒーモスの巨躯があった。

ベヒーモスは突然、現れたレシアを見下ろす。

『ガアアアアア！』

怒りに似た咆哮を上げながら巨大な前足を振り下ろす。

遠目からそれを見ていたエレシュリーゼ達は、思わず目を背けるが……次の瞬間、辺り一帯に衝撃波と爆発音が走った。見ると、レシアが細腕で、ベヒーモスの一撃を受け止めていた

――！

「全く……せっかちですね。焦らなくても、私があなたの相手になります」

レシアは不敵な笑みを浮かべた。

※

『ガアアアアアアアア！』

「はあっ！」

ベヒーモスは咆哮し、逆の前足を振り下ろす。レシアはブリュンヒルデの柄で巨大な質量を一人で受け止めた。

幾ら神器を所持しているとは言え、勇者ですら難しいことをやってのける。

「あ、あの女……何者なんだよ……？」

オスコットは目を疑う光景を前に、呆然と呟く。

エレシュリーゼも一瞬、呆気に取られたが……すぐにモンスター達が侵攻していることを思い出し、全体の指揮を執る。

そうして、モンスターの大群と人類連合の戦争が始まった——。

『ガアアアアアッ！』

「叫んでばかりで疲れませんか？　っと……」

レシアは人類連合が、モンスターと交戦し始めたことを尻目に確認する。

その間もベヒーモスが執拗に攻撃を加えてきたが……その全てを、槍で防いでいた。

レシアの尋常ならざる力の源は、神器——ブリュンヒルデから得ていた。

ベヒーモスは、攻撃を防がれるためか、パターンを変化させる。巨体を横倒しにし、肩で地面を抉る突進を繰り出す。

地面が揺れ、巨体がレシアに迫る……！

「………ふっ！」

レシアは迫る巨体に臆することなく、気合い一閃――槍を下から抉って振るう。

ベヒーモスの巨躯は、下から掬い上げられると地を離れ、宙に舞う。とんでもない質量の巨体が、地面に影を落とす。

『ガアアッ!?』

ベヒーモスが戸惑った鳴き声を上げる。

レシアは絶対的な隙を逃さず、投擲姿勢で槍を構えた。

槍は桃色に発光し、莫大なエネルギーを充填……そして、

「……愛の一撃『ストライクフィリア』！」

レシアは叫び、槍をベヒーモスに向かって投擲。

槍――ブリュンヒルデは莫大なエネルギーを放出しながら、大気を巻き込み、爆風を撒き散らしながら突き進む。

ズガンッ！

雷鳴が如き轟音と共に、槍はベヒーモスを一撃で貫く。ベヒーモスの巨躯に、巨大な風穴が開けられた
「っ！」

それを見ていた全ての人間が、驚愕した光景だった。

特に三人の勇者は、あのベヒーモスを一撃で倒してしまったレシアに、驚きが隠せない。

しかし、今はモンスターと交戦中であったため、すぐに我へと返る。

レシアは空から降ってきた槍を掴み取り、一息吐く。

「ふう……」

一番、強いモンスターは倒した。しかし、まだ残ったモンスター達が、レシアに群がり始めている。

「私、虫は苦手なのですが……」

空からは気味の悪い羽音を立てながら、昆虫系のモンスターが向かって来ている。地面からは触手やら植物やら様々だ。

「さすがに……少々数が多いですね」

レシアは呟きながら、迎撃しようと槍を構えた。

そこに突然、炎がレシアに集まって来ていたモンスター達を一斉に焼き払った。

レシアが一瞥すると、エレシュリーゼが紅蓮に燃える体で、宙に浮いていた。

「いらないお世話でしょうか?」

「いえ、助かりました。実は、多くを相手にするのは苦手なのです」

謙遜でもなんでもなく事実だった。

レシアは一人を相手にした時、無類の強さを発揮できる。しかし、広域殲滅が出来ないため、一〇万のモンスターが相手となると……分が悪い。

　エレシュリーゼはそれを聞いて微笑んだ。

「それは良かったですわ……。わたくし、燃やすのが得意ですの」

　言いながら、紅蓮に燃える右腕を振るう。すると、その延長線上に炎が撒き散らされ、モンスターが消し炭となる。

　エレシュリーゼはレシアとは対極で、派手な広域殲滅に長けていた。

「有象無象はお任せを……。レシアさんは、強力なモンスターを」

「はい」

　レシアとエレシュリーゼは互いに背を預け、向かい来るモンスター達と交戦を開始する。

　この二人が先陣を切ったことで、人類連合側の士気は高まる。モンスターと人類連合……戦力差はあるが、それでも戦いは均衡が保たれていた。

　しばらくして、負傷者が出始めると、後方にいるモニカが慌ただしく奔走する。

「わわっ⁉　『ヒール』『ヒール』！　ええっと……『ヒール』！　『ヒール』！」

　一〇〇人以上の治療を続ける彼女の魔力量は、尋常ではない。

　モニカとは別に、回復魔法を専門としていた治癒士が、モニカの回復魔法の効力と、その魔力の高さに舌を巻くほどだった。

　そんな陰の力もあり、前線は崩壊することなく――徐々にだが人類連合が優勢になりつつあった。

「よーし！　これなら！　ていやあ！」

『剛拳の勇者』セインは勢い付き、手に装備された手甲でモンスターを殴る。セインは、剛拳という名の通り、己の拳を武器とする武闘家だった。

彼女に殴り飛ばされたモンスターは木っ端微塵に吹き飛ぶ。

「おらあ！」

その横で、『旋風の勇者』ことオスコットが、風魔法でモンスター達を纏めて吹き飛ばす。

「調子良さそうだね～オスコット！」

「うるさい。口を動かす前に、手を動かせ！　平民！」

「はいはーい」

セインの飄々とした態度に目くじらを立てたオスコットだが、モンスターが襲ってきたため、セインへの小言を後に回す。

一方、『鉄壁の勇者』ダルマメットは、自身の身の丈よりも大きな盾を持ち、人類連合の負傷者や非戦闘員を守っていた。

そんな彼だからこそ、気づいたことがあった。

「……一〇万か。少し妙であるな」

ダルマメットは天地を埋め尽くすモンスターの大群に目を向け、ぽつりと呟く
一体、何が妙なのか。

その疑問……違和感には、ダルマメットだけではなく、先陣切って戦うレシアとエレシュリ

ーゼも気づいていた。

エレシュリーゼは群がるモンスター達を焼き払いつつ、レシアに目配せする。

「レシアさん。少し妙だとは思いませんこと？」

「……そうですね。妙です」

レシアはモンスターを槍で斬り伏せて、エレシュリーゼの問いに答える。

「一〇万にしては、我々が優勢過ぎます。このままならば、我々が勝利するのは間違いありませんわね」

「はい……だからこそ、違和感があるということですね？　恐らく、エレシュリーゼ様も私と同じ考えでしょう……」

「ええ、これは……一〇万もいませんわ」

そう……この場には一〇万もいない。

エレシュリーゼとレシアは、そう確信していた。

だが、妙なのはそれが分からなかったことだ。

モンスターの大群が接近すれば、先ほどの警報が鳴る。それと合わせて、規模などの正確な情報が随時伝達される仕組みとなっている。

この場に一〇万のモンスターがいないという報せはかった。もしも、ここに一〇万いないのであれば……全く逆の方向から攻めて来る恐れがあるため、戦力をここに集中させていては……大変なことになってしまう。

「嫌な予感がしますわ……」

丁度、エレシュリーゼがそう零《こぼ》した時だった。

セインが慌てた様子で走って来た。

「た、大変だよ！　エレちゃん！　今、報せがあって……南から四万の大群がこっち向かってるって！」

「……っ！」

エレシュリーゼの嫌な予感が的中してしまった。

「くっ……なぜ今になって……！」

「分かんないけど……計測器が何らかの影響で反応しなかったみたいで、目視できる距離まで気がづかなかったって！　と、とにかくどうしよう！」

エレシュリーゼは爪を噛む。

四万……今、戦っているのは北だ。南まで戦力を移動させるには時間がかかり過ぎる。何より、今は優勢であっても、こちらも戦力が乏しい状況。仮に勇者全員が南へ向かっては、前線の維持は難しい。

「わたくしだけでは……」

エレシュリーゼ単独では、さすがに四万を相手取るのは難しい……と、

「私も行きましょう。ここは、他の勇者の方々にお任せします」

レシアが冷静に状況を分析し、エレシュリーゼに提案する。エレシュリーゼは少しだけ悩ん

だが、頷いた。

「合点承知！　ここが片付いたらあたし達もすぐに駆けつけるからね！」

セインはそう言って、モンスター達を屠りに出る。

エレシュリーゼはすぐに南へ移動するために、レシアを連れて空を飛び急行する。

目視できる距離となると、かなり接近していることが予想される。援軍が来るまでに二人で持ち堪えられるか……どうか。

数分空を飛び、南の外壁上に降り立った二人は——そこで信じられない光景を目にする。

「こ、これは……!?」

「なっ……」

エレシュリーゼもレシアも、目を丸くさせた。

二人の視線の先には、モンスター達の亡骸が転がっていた。中には、先ほどレシアが相手にしたベヒーモスもいたが、縦に一刀両断されていた。

エレシュリーゼが報告を受けてから、およそ一〇分前後の僅かな時間——どうやったら、これだけ死骸の山を積むことが出来るのだろうか。

「一体……何があったというの……？」

自然とエレシュリーゼの口からそんな言葉が零れる。

ふと、二人の視界に一人の男が入った。

プラチナブロンドの髪をした美男子が、モンスター達の亡骸の山上で、剣を立てて泰然と立っている。

「はあ……限界まで待ってはみたが、首謀者らしき者は現れなかったな。しかし、これ以上はさすがに我慢の限界だ……。俺の正義にかけて、街に被害を出すわけには行かないからな！」

男は天を仰ぎ見ながら、独り言を呟いている。

「というか、オルトめ……。きっかり五万もこっちに逃がしたな！　はっはっはっ！………絶対後で殴る！　覚えてろよ！　オルトおおおお！！」

男——ラッセルは、怒っていた。

ふと、エレシュリーゼは外壁上で監視していた兵士を見つける。

兵士は外壁下で起きた出来事を見ており、腰を抜かして震えていた。

「お怪我はありませんこと……？」

エレシュリーゼが声をかけると、はっと我に返った様子で、兵士は身を強張らせる。

「あ、なたは……フレアム公爵令嬢様!?　し、失礼致しました……その、計測器が故障していたのか、モンスターの大群に気がつかず……」

「それは……いえ、それよりも一体、何があったんですの？」

「それが……」

兵士の話によると……。

モンスターの大群が接近していることを報せた後、ベヒーモスを中心に、モンスター達が物凄い勢いで侵攻して来ていたのだという。

現場に、エレシュリーゼやレシアが到着していた頃には……街にモンスター達が入り込んでいた可能性があった。

しかし、どういうわけか、モンスター達は何かに怯えた様子で、踵を返し始めたのだという。

そこへタイミングを見計らったかのように、ラッセルが現れ——。

「あの男が……その……一振りで大群のほとんどを倒し……たのです」

「一振り……」

俄かには信じられない話だった。

レシアは遠目から、死骸の山に立っているのがラッセルであることを確認する。

「あれは……ラッセルさん……？」

ぽつりと呟くレシアに、エレシュリーゼが反応を示す。

「ラッセルさん……？　彼を知っていますの？」

「は、はい……同じ養成学校の学生です。成績優秀で人当たりも良く……一年生の間では有名です」

「あれほどの実力者が……」

なぜ、選抜戦に出場しなかったのか。

エレシュリーゼもレシアも、ラッセルが今まで無名である意味が全く分からなかった。

「何者なのでしょうか……」

「…………」

二人とも戦慄し、驚きを隠せなかった。

エレシュリーゼは頭を振ると、外壁上から降りる。レシアもそれに続いて降り、ラッセルの元へ向かう。

ラッセルは近づく二人に気づき、目だけを向けた。

「む？　フレアム公爵令嬢様と……アルテーゼ侯爵夫人……」

「ふ、夫人はやめて下さい……」

レシアは苦虫を噛み潰した顔で抗議する。ラッセルはきょとんとした顔で首を傾げたが、すぐに頷いた。

「分かった……いや、分かりました！　はっはっはっ！　それで、お二人とも如何したのですか？」

この死骸の山に似つかわしくない笑い声に、エレシュリーゼもレシアも調子を狂わされる。

「ええっと……一つお尋ねしたいのですが、このモンスター達はあなたが……？」

「倒したということでしたら、俺が倒しましたとも！」

ラッセルは胸を張って答える。

エレシュリーゼは「そ、そうですの……」と戸惑いを隠せていない。

ふと、ラッセルは瞬く。

「…………少し厄介な相手みたいだ」

「え……？　今、何か仰いまして？」

「あーいえいえ、こちらの話です！　それより、ここは少し危ないので、下がっていた方がいいかと！」

「それは……どういう意味ですか？」

レシアが尋ねると、ラッセルは人当たりの良い笑みを浮かべて答える。

「あいつ、加減を知らないので！　はっはっはっ！」

ラッセルが口にした瞬間――すぐ近くを何かが高速で通り過ぎ、白亜の外壁に衝突。外壁に巨大なクレーターとヒビが生まれ、土埃が舞う。

「なっ……何事ですの!?」

「今のは……」

エレシュリーゼとレシアは同時に外壁へ目を向ける。

徐々に晴れていく土埃の中から、黒い影がゆらりと蠢く。

その姿が露わになると、二人は息を呑んだ。

黒い肌、蝙蝠《こうもり》が如き禍々しい翼と湾曲した角――間違いない。

「あれは……悪魔！」

「なぜ悪魔がここに飛んで……!?」

戦慄する二人を他所に、ラッセルは腕を組んで吹っ飛んできた悪魔を見据える。

「ううむ……上級悪魔か。オルトにしては、随分と時間がかかっていると思えば、そういうことか。なるほど……なるほど……」

などと、ラッセルが頷いていると空から人が落ちてきた。

オルトだ。

オルトが着地した地面に衝撃でクレーターができる。どれだけ高いところから落ちてきたのだろうか。

「おい、オルト……五万のモンスターはどうしたのだ！」

「んあ？　ああ、誰かと思えばラッセルかよ……。んなもん、とっくに片付けた」

「ならいい！　それより、あれが首謀者なのか？」

「ああ、ありゃあ上級悪魔だ」

「見れば分かる」

オルトは肩に刀を担ぎ、地面に跪く悪魔を見据える。

上級悪魔――人類の敵対者とされる魔族は、幾らかに分類されている。

下から、下級悪魔、上級悪魔、魔人とされている。

下級悪魔でも高い戦闘力と知能を持っており、勇者一人と互角とされる。上級悪魔は勇者数十人分と言われている。魔人クラスになると、現状対抗手段がない。

上級悪魔――ガルメラは、地面に膝をつき、息も絶え絶えとしていた。

「くっ……に、人間如きに、この我が……！」

オルトは、ガルメラが率いていた一〇万のモンスターを……その内の半数を一瞬で葬り去った。

ガルメラはオルトを見てすぐに、自分が探していた深淵大地を作り出した通称ブラックだと確信した。

『貴様……一瞬で五万を……。一体、何者だ？』

『んあ？　俺か？　俺は、ただの……あれだ。通りすがりの剣士さ』

勇者でもなんでもない、ただの剣士……そんなわけはなかったが……。しかし、人間如きに負けるわけがないと、ガルメラは高を括っていた。

故に、ガルメラは不思議でならなかった。

今、こうして自分が下等生物と思っていた人間の……しかも、勇者でもなんでもない人間を相手に、膝をついていることが——！

「舐めるなよ……人間！」

「んあ？」

ガルメラは体内の魔力を一気に放出させる。

それだけで大気が震える。

「『エレメンタルアスペクト』！」

ガルメラは自身の体を雷へと変質させる。

オルトが選抜戦で戦ったクロスよりも、遥かに高レベルで高出力な雷属性の流動化。

周囲に走る電撃のエネルギーだけで地面が割れ、膨大な熱量により、岩が融解する。

「オオオオオッ！」

ガルメラは咆哮しながら、決して人間では反応できない速度でオルトとの間合いを詰める。

稲妻が走り、オルトの眼前に拳を握るガルメラが現れる。電撃を纏った上、雷速で振り抜かれるガルメラの拳は、簡単に山一つを吹き飛ばせるパワーを持つ。

ガルメラは勝利を確信した。だが、

「があああっ!?」

気づいた時には、ガルメラは天を仰ぎ見ていた。

四肢は別たれ、宙を舞っていた。

「ぎいいいい！」

ガルメラは歯を食い縛り、切り離された四肢を再生させる。

「高速再生か……。結構早いもんだな」

「くっ……！　我を見下すな！　人間の分際で！」

ガルメラは咆哮しながら、オルトに接近戦を挑む。

クロスレンジでの肉弾戦闘は、ガルメラが得意とする戦法だ。雷を纏ったガルメラの攻撃には電撃が付与され、雷速で繰り出される攻撃は避けるのが困難。しかも、ガルメラは頭に血が上ってがむしゃらに間合いを詰めたように見えるが……実際は違う。クロスレンジならば、ガルメラとオルトは肉迫する距離になり、刀を振るう隙間がなくなる。

「死ね！」

ガルメラは右拳で雷速の打ち下ろしを繰り出す。

オルトの顔面に飛ぶ拳……避けることは不可能な攻撃だったはずだが、オルトは首を傾げて躱す。

「バカなっ……！　くっ⁉」

ガルメラは戦慄するが、すぐに二手目、三手目と手数を増やす。

左右上下から稲妻が如き攻撃の嵐。

オルトはそれすらも、最小限の動きで躱す。まるで、ガルメラの拳が、オルトの肌の上を滑っていると錯覚するほど、滑らかな動き。

オルトはガルメラを見る目を細める。

「くそ！　くそ！　なんなのだ貴様はあああ！」

「…………『建御雷』」

オルトは右前腕を硬化させると、ゼロコンマ一秒もない僅かな間隙を縫ってガルメラの懐に潜り込む。そして、唸りを上げるオルトの拳がガルメラの腹部を下から掬い上げるが如く穿つ。

「がはっ⁉」

刹那、衝撃波が一帯に走り、二人が立っていた地面が陥没。ガルメラは爆発音にも似た衝撃音と共に、一キロ離れた山に激突。山腹に巨大なクレーターが生まれる。

ガルメラは口から相当量の血を吐いたが、高い魔力量ですぐに回復する。

「ぐう……人間があああ‼」

ガルメラは体中から電撃を迸らせる。

極大の放電により、激突した山が熱でドロドロに溶けていく。

ガルメラは雄叫びを上げ、地面を蹴る。蹴った地面は爆発して消し飛び、ガルメラの通った後は稲妻の軌跡が描かれる。

オルトは再び向かってくるガルメラを前に、右手をヒラヒラさせて飄々としている。

「ってぇえ……。やっぱり、雷属性は直接触れるのよくねえわな」

「オオオオオッ！」

「まだ、向かって来る気か？　中々、良い根性してるじゃあねえかよ」

「舐めるなよ……人間！　我は上級悪魔！　ガルメラだあああ!!　人間如きに負けるわけにはいかんのだあああ！」

オルトは不敵に笑む。

「へえ……ガルメラ。人間如きっつったか？　てめえには、色々と聞かねえといけねえからな。殺さない程度に手加減してやってんだ。そっちこそ、人間舐めんなよ？」

オルトもガルメラに向かって前進。元からその場にいなかったかの如く姿を消す。ガルメラは、突如向かっていた目標が消えたことで戦慄する。

だが、それもすぐに驚愕へ変わる。

雷速で走っていたガルメラの頭上に、踵を上げたオルトが現れた……！

「『建御雷』」

オルトは右足を硬化させ、ガルメラの背中に踵を落とす。

ガルメラは地面に叩きつけられ、あまりの衝撃に気を失いかける。そのまま地面に減り込む形になるが、己のプライドだけで意識を繋ぎ止める。そして、オルトを退かせるために、放電する。

「っと……ひぃぃ～ビリビリするなあ。ったく……！」

オルトは「うへえ」と顔を歪ませ距離を取る。

「はあ……はあ……くそ……！」

ガルメラはなんとか地面から抜け出し、肩で息をしながらオルトを見る。

圧倒的なスピード、圧倒的な力。どれを取っても、ガルメラがオルトに勝るポイントが見つからない。桁違い……否、規格外過ぎる。

ガルメラは震える口を開く。

「貴様……一体、何者なのだ。上級悪魔である我よりも強いなど……ただの人間ではない。まさか……神器使いか……？」

「神器使ぃ……？　なんだそりゃあ？」

オルトが首を傾げたのを、ガルメラは惚けたと勘違いした。しかし、すぐに頭を振る。

オルトは本当に知らないのだろう。そして、神器使いではない……。

神器は、塔の世界エルダーツリーを創造した神が造ったと言われる神造兵器。それぞれが、特殊な力を持ち、魔人すら凌ぐ力を持っているという。

故に、魔族は神器使い達を危険視しているのだが……オルトのどこをどう見ても、神器を所持している風には見えなかった。

持っているのは……ただの、剣のみ。

「貴様は……何者なのだ……？」

ガルメラは再びその問いを繰り返す。

オルトは刀を肩に担いだまま、

「何者何者って、何回聞きゃあいいんだよ……。ったく……俺はオルトだ。ただのオルト」

「オルト……か。貴様は……一体、どうやってその力を得たのだ……？」

「んあ？　そうだなあ……別に、特別なことはしちゃねえけど」

「嘘を吐くな……！　特別なことをせず、どうやって我を圧倒できる！」

ガルメラの咆哮に、オルトは目を細めた。

「……まあ、あれだ。知りたきゃ俺に勝つこったな」

「そう……か……」

ガルメラは拳を握り、己を奮い立たせる。

もはや、目の前に立つ男を侮りはしない。

オルト――この男は、あまりにも危険過ぎる。

ガルメラは、ここで己が倒さねばならない相手だと思い、力を高める。

「我は……我が主のために、貴様をここで討つ！」

ガルメラは雷を手の平に集めて、エネルギーを一点に集中させる。

オルトは笑みを浮かべる。

「へえ……いいぜ。てめえの全身全霊の攻撃、斬ってやる。そしたら、大人しく投降しろよな？」

「ああ……できたらの話だがな！　はあああああっ!!」

ガルメラは一点に集約させたエネルギーを両手で包み込み、それをオルトに向かって放出させる！

莫大なエネルギーの奔流が地面を削りながらオルトに迫る。

「喰らええええ!!　『ライトニングブラスト』オオオオオ!!」

オルトは担いでいた刀を下ろし、少しだけ腰を落とす。

迫り来る『ライトニングブラスト』を前に、オルトは一言。

「絶剣五輪……『地壊《ちかい》』」

そう呟くとオルトは、刀を下から振り上げる。

と、その延長線上の地面が縦に切断されていき、地面が文字通り割れる。

オルトが刀を振るった衝撃で地割れが起きたのだ。

その衝撃だけで『ライトニングブラスト』は掻き消され、ガルメラは地割れによって地面に埋もれる。

それで止まることはなく、地割れは広がりに広がり――外壁の一部が粉々に砕け散り、遠方の山が二つほど崩れた。海の方では大きな津波が起きた。

幸い、近辺の海はモンスターが多いせいか、港がなかったので、津波による被害はなかった。

「ふう……」

「ふう……ではないだろう！　貴様は相変わらず加減を知らないな⁉」

「あ、やべっ」

声を荒げたラッセルに、オルトは外壁が一部崩れてしまったことに気づいた。

まあ、最悪巨額な弁償金を払うことで、魔法ですぐに修復は可能だが……それにしてもやり過ぎだった。

「…………」

「…………」

レシアとエレシュリーゼは、あまりにも突飛な光景を見ていたためか、戦闘終了後もその場で呆然としていた。

※

「へえ……ガルメラがやられたみたいだねえ」

キュスターはガルメラが倒されたことを感じ取り呟く。

「ホーホホー！　上級悪魔を倒すとは……件のブラックとやらは、神器使いデスかね？」

キュスターの座るソファの向かいには、キュスターと同様に角を生やした男が座っている。

ギョロギョロと蠢く目玉と皺くちゃな顔をしている。

「ああ、違うと思うねえ。個人的に。グローテはどう思ってるんだい？」

「ホーホホー？　そうデスな。正直、神器使いでもなければ、信じ難いデスね。あの場には、勇者がたったの四人デス」

上級悪魔であるガルメラは勇者数一〇人分の強さを誇る。たった四人に負けるはずがない。噂のブラックなる人物が、神器使いでも勇者でもないのなら、一体何か……。

「キュスターはどう考えているのデス？」

「ああ、正直分からないねえ。今、私が確認出来ている神器使いは二人だけ。その内、一人は私が縛っているからねえ。ふふっ……近々、面白い実験を行う予定なんだよねえ」

「ホーホホー？　面白い実験デス？」

首を傾げたグローテに、キュスターは不敵な笑みを浮かべる。

「折角だからねえ……。神器使いに私の子を孕ませたら、どんなのが生まれるか興味があるじゃあないか」

「ホーホホー！　それは面白そうな実験デスな！　魔人と神器使いのハーフ！　素晴らしいデス！　素晴らしい交配実験デス！」

とはいえ、幾ら神器使いであっても魔人の尋常ならざる魔力が含まれたそれを体内に入れられてしまっては、ただでは済まない。下手をすれば、体が爆散する。

「まあ、そうなった時は仕方ない……。貴重な神器使いのサンプルだけど、我々の天敵だからねえ。死んだら死んだで都合が良い」

「そうデスな！　楽しみにしているデスよ！　キュスター・アルテーゼ！」

グローテがそう言うと、キュスターは再び笑みを浮かべた。

「何はともあれ、まずはブラックだ。ガルメラを倒したなら、もう私が出るしかないねえ。グローテも手伝ってくれるかい？」

「ホーホホー！　勿論デス！　魔人が二人いれば、ブラックであっても、手も足も出ないデスな！」

「でも、油断はしない方がいいねえ。念には念を……。丁度、第九〇階層にある私の別荘の地下に、餌がある。それを使うといい」

「ホーホホー！　助かるデス！」

グローテは喜色の笑みを浮かべる。

彼らの言う餌とは、一体何か。

グローテとキュスターは、身支度を整えると、すぐに第九〇階層へ、転移魔法で移動した。

「お帰りなさいませ。キュスター様」

別荘に詰めていたメイドは、キュスターの突然の来訪にも驚かず腰を折る。

やはり、メイドにも角が生えていた。

「地下に行く。私の友人も一緒にねえ」

「畏まりました」

キュスターはそれだけ伝え、グローテと共に地下へと足を進める。

地下に降りると、いくつもの牢屋があり、中には人間が閉じ込められていた。

「ホーホホー！　ここは実にいいデス！」

「ふふ……ここで力を蓄えよう」

キュスターとグローテは気味の悪い笑みを浮かべる。

牢の中に捕らえられている人間達は、壊されていた。表現するも悍《おぞ》ましいほどに。

薬漬け、火炙り、水攻め等々。四肢を切断され、腑《はらわた》を引きずり出された者、殴られたのか顔が腫れ上がり、もはや誰か判別すら出来ない者まで……この地下にいる人間達はみな、ありとあらゆる苦しみを与えられ、その上で生かされていた。

なぜ生きているのか分からない苦痛を与えられているにも関わらず。

「ホーホホー！　我々、魔族は人間の苦しみを糧としているデス！　これだけ苦しんでいるのなら、さぞ美味デスな！」

グローテはそう言った。

※

俺は上級悪魔ガルメラを倒した後、不意に感じた気配に眉を顰める。

「ん……？　今の……」

「おい！　聞いているのか貴様！　街の大事な外壁を壊して！　反省しろ！」

少し他所見《よそみ》をしたところ、ラッセルが詰め寄って声を荒げる。

俺は苦虫を噛み潰した顔で、

「わあったってての……。悪かったたって」

「貴様のそれは信用できないのだ！　全く……貴様、このまま引っ捕らえるぞ！」

「そりゃあ勘弁して欲しいな」

こうなったらラッセルは面倒だな……と、俺はうんざりする。

そこへエレシュリーゼとレシアが現れた。

「あ、の……お疲れ様ですわ。オルトさん」

「ん、ああ、ちっと時間がかかって悪かったな」

「い、いえ……」

エレシュリーゼの歯切れが悪い。

目も泳いでいる。

「どうかしたかよ？」

「その……何から話していいか混乱しているのですわ。とにかく、まずは、街を救って下さったお二人に感謝をと……」

エレシュリーゼは、とにかくそれだけ言って頭を下げた。

俺とラッセルは顔を見合わせた。

「いや、まあ、別に礼はいらねえよ。それより街に被害はねえか？」

「そうですわね……この外壁以外は」

エレシュリーゼは壊れた外壁を見上げて言う。

ラッセルは徐《おもむろ》に俺の肩に手を置いた。

「……自首するか」

「おい待て。ちょっと待て。いや、分かった。修繕費は払うから……」

「街を守るため……ですし、大丈夫ですわよ。それに、修繕費も安くありませんわ。軽く金貨一万枚必要ですわよ……」

「まあ、それくらいなら……」

「それくらいなら!?」

俺が言うと、エレシュリーゼが驚愕した。

「……上級悪魔を圧倒する戦闘力に加えて、財力まであるとは……。わたくしと出会った、六年前から今日まで何があったんですの……？」

「そいつは、気が向いたらいつか話してやるよ」

俺は肩を竦める。

レシアを一瞥したが、レシアは俺と目を合わせようとしなかった。

少しだけ悲しい気持ちになりつつ、振り返ってガルメラに目を向けた。

地面から頭だけ出ている状態のガルメラは、ジッと俺を見ていた。もう、ほとんど魔力が残っていないのか、地面から抜け出せないらしい。

「さて、そろそろてめえの話を聞かせてもらおうかね……。ガルメラつったか？」

「……ふん。人間に話すことなどない」

「今、てめえの上司がこっち来たよな？」

「っ……!?　キュスター様が!?　はっ!?」

ガルメラはしまったというのを顔に出す。

やはり、ガルメラの上司――魔人が異変を察知してこっちに来たようだ。

「え――」

レシアから息を呑む声が聞こえたが、俺はそちらを振り向かなかった。

「上司というのは……魔人のことですわよね」

エレシュリーゼの問いに頷く。

「まあ、魔人はてめえらじゃ無理だ。俺に任せろよ」

「は、はい……。まさかオルトさん、魔人に……あの魔人にすら勝てますの……？」

「さあ？　立ち合ったことがねえからなんとも言えねえけど。負けるつもりはねえよ」

「そ、そうですの……」

俺は神妙な面持ちのエレシュリーゼから視線を外し、ガルメラを睨む。

「てめえ、今、気になることを言ったよな……キュスターとかなんとか」

「………」

ガルメラは口を閉ざしている。

死んでも口を開かないという気迫を感じる。

「キュスター……というと、まさかアルテーゼ侯爵のことで？」

「は？」

エレシュリーゼが聞き捨てならないことを口走ったので、思わず素っ頓狂な声を上げてしまった。

反射的に、レシアに目を向ける。

レシアは顔を俯かせ、自分の腕を抱いていた。

「レシア……」

「………私は」

レシアは唇を震えさせ、目を見開き、体を揺する。

「ま、さか……あいつが……ま……じん？　そんな……じゃあ、あたしはなんのために……」

「レシアさん……」

「ふむ……」

エレシュリーゼは何と言っていいのか分からないのか口を閉ざした。

ラッセルは顎に手を当てて考える素振りを見せる。

だが、俺はそれを気にする余裕がなかった。

「ちっ……まさか、キュスターが魔人だったなんてなあ……」

驚いた。

キュスターは魔人。そして、俺にとっては八年前、レシアを攫った仇。さらには、レシアの婚約者……？

三拍子揃ってしまった。

「よし、斬るか……」

俺は額に青筋を立て、刀の柄に手を置く。

ただでさえ、キュスターは今の今まで斬りたかった相手だというのに、よりにもよってレシアの婚約者？

もしも、レシアの婚約者が良い奴なら血の涙を流して諦めようと思っていた。

だが、その婚約者が？　まさかのキュスター？

腑が煮えくり返る思いだ……。

俺がキュスターのところへ行こうとすると、

「オルト。貴様は、ここに残っておくのだ」

「はあ!?　んなことできるわけねえだろ！　俺はすぐにでもキュスターぶった斬る！」

「冷静になるのだ！　キュスターとやらがここに来たというなら、用があるのは貴様だろう。放っておいても、向こうから来る」

「そりゃあ……そうだけど……」

「うむ。そもそも、貴様の目的はキュスターをぶった斬ることではないはずだ……そうであろう？」

ラッセルは顎で、呆然と立ち尽くしてしまっているレシアを示す。

「彼女の力に……今はなってやるといい。こういう時、側にいてやるだけでポイントアップ間違いしだ！」

「いや、ポイントとかそんな気分じゃねえだろ……」

しかし、ラッセルの言う通りだ。

会えば喧嘩ばかりだが、俺の目的はそもそもレシアに告白すること。好きな女が落ち込んでいるというのに、放って置くのは男が廃る。

「分かった……残る。だが、てめえはどうする気だ？」

「む、貴様も気づいているだろうが、こっちに現れた魔人は二人……だ。俺は奴らの根城に乗り込む」

「……入れ違いになるかもしれないぜ？」

「それなら、貴様が一人で相手をすればいいだろう？　俺は……少し気になることがあるからな」

それがなんであるかは、敢えて聞かなかった。

俺は一息吐いて、

「……んじゃまあ、気をつけて行けよ」

「はっはっはっ！　ライバルに心配されるのは、気分が悪いな！」

「言ってろ」

ラッセルは軽口を叩いた後、すぐに走り去って行った。方角的に、今二人の魔人がいるはずだ。

「さて……」

俺は自分の役目を全うするため、レシアに目を向けた。

レシアは衝撃によるものか、その場に座り込んでいる。

その隣で、レシアを心配して声をかけようとするエレシュリーゼに、

「悪い。エレシュリーゼには事後処理を頼むわ」

「え、ええ……ですが……」

「レシア……俺に任せちゃくれねえか？」

ここで男を見せなくては、ここまで登ってきた意味がなくなってしまう。

それを知ってか知らずか、エレシュリーゼはコクリと頷き、この場を後にする。

俺はそれを見届けた後、レシアの隣に座った。

「何をしているのですか……」

「俺が何をしようたって、てめえには関係ねえだろうが。つーか、声……震えてんぞ」

表情は窺えないが、涙声になっている。

「……そんなことありません。変なこと……言わないで下さい」

「はっ……見栄張ってんじゃねえよ」

「み、見栄なんて……張っていません！」

俯きながらもよく通る声で、レシアが声を荒げた。

俺はそんなレシアを尻目に捉える。

しばらく、黙っていると……レシアがその沈黙を破る。

「……バカな女だと思いますか。婚約者が魔人だなんて」

「誰も分からなかったんだ。気にすることねえだろ」

「そんなことできませんよ……。キュスターに連れられて、私は勇者として教育を施されました……」

レシアはこの八年間のことを掻い摘んでだが話してくれた。

「私は……その時から、キュスターと結婚するよう、ずっと……ずっとずっと言われていたのです。私がキュスターの言うことを聞いている限り、第一階層のみんなの生活は……保証すると……！　だけど嘘だった！」

「……どういうことだ？」

確かに、キュスターは魔人だ。

しかし、口約束とは言え、それが反故にされたかどうかは分からない。

レシアはゆっくりと口にする。

「オルトが……来たから」

「なに……？」

「……私は、みんなが元気にしているかどうか……ずっと聞いていたのです。オルトも、お母さんも……みんな元気だって……言っていたのに、オルトが来た。それで、私はキュスターが嘘を言っていると確信したのです」

「なら、さっさと逃げりゃあよかったじゃねえか」

「私が逃げ出したら、今度はどうなるか分からないじゃないですか。下手をすれば、みんな殺されていたかもしれません……」

だから、レシアはキュスターの言う通りにしていた。

全ては俺達、第一階層のみんなを守るために。

「でも、嘘だった！　全部！　これじゃあ、あたし……なんで頑張ってたのか……分からないっ。政略結婚で王家との繋がりを持って、あたしが権力を持ったら……キュスターなんかに負けない権力を得て、あたしがみんなを守ろうと思って、結婚……嫌だったけど我慢してたのに……！　全部無駄だったよお……！」

レシアは自分が思っていたこと、今まで感じていた苦痛をそのまま口にしているようだった。とうとう、そのまま泣き出してしまい、「うわーん！」と大声で泣いている。

俺は口をあんぐり開けて、慌てふためく。

「ちょ……な、泣くことないだろう!?　ほ、ほら！　へ、変な顔～……」

「うわーん！」

死にたい……！

俺は気を取り直し、とにかくどうやって慰めればいいものか思案する。

しかし、あれだな……こいつもこの八年間、頑張ってたんだな。

それに、結婚……嫌だったのか。良かった……。って、安心してる場合じゃないだろ、俺。

俺は頭を振る。

「ええいっ……！　しゃんとしろ！」

「いたっ……！」

俺はレシアの頭にチョップする。

レシアは頭を抑え、俺を見上げた。

「ったく、ガキじゃあるめえし。ピーピー泣いてんじゃゃあねえよ」

「ひっく……オルト、痛いよ……」

「いや、そんなに強くやってないだろうがよ……」

思わず心配になるが、本当は大して痛くなかった様子に安堵する。

レシアは袖で目元を拭い去る。

「……み、見苦しいところを見せました」

「切り替えはええ」

「……いえ、その……私は偉くなって、この世界を丸ごと変えたいと……思っているのです。そのための知識と経験は積みました。キュスターが魔人で、予定が狂いましたが……。私は、みんなのためにまだ頑張りたいのです。だから、こんなところで立ち止まっている暇は……ありません」

　そうか……レシアは自分の意志で勇者になろうとしていたのか。キュスター云々は関係なく。力を得て、世界ってのを変えるために……。

「いや、俺みてえな奴とはちげえな……」

「……？　何か言いましたか……？」

　レシアは恥ずかしそうな表情で尋ねる。

　俺は首を横に振った。

「いんや、なんでも……。やっぱり、俺はてめえのことが好きだなって、思ってよ」

「え？」

「あ」

　あれ、今なんて言った？

　俺は言いわけするために、慌てて口を開こうと、

「お楽しみのところ悪いけど……それは私の所有物なんだよねえ？」

※

　エレシュリーゼとレシアが南へ向かってしばらくした後。

　北ではモンスター達の侵攻を、三人の勇者が最前線で必死に食い止めているが、苦しい状況

なのは否めない。

「ちょっと数が多過ぎー！」

「口を動かすな！　手を動かせ！」

「我輩が盾となり、攻撃を引き付ける！　その間に横から攻撃するのだ！」

三人は協力し、見事な連携でモンスター達を圧倒している。しかし、数が多過ぎた。

広域殲滅に長けたエレシュリーゼがいない今、オスコットの風属性魔法が頼りになる。当のオスコットは、度重なる魔法の行使により、魔力を使い果たそうとしていた。

「ちく……しょう！」

オスコットの魔力が底を尽きると、前線は一気に押し込まれる。

ダルマメットが盾になっても、数の暴力によってモンスター達は三人に牙を剥く……！

三人がモンスター達に食い殺されようと――その瞬間。三人の周囲を取り囲む水の障壁が展開され、モンスター達が弾かれた。

「なっ……!?」

三人の勇者は一様に驚く。

咄嗟に振り返ると……視線の先に、後衛で負傷者の治療を行っていたモニカが、走って来ているのが目に入る。

「なっ……何をやっているのだ！」

「あ、す、すみません……。負傷者の治療をやってもやってもキリがなかったので、直接前線で治した方が早いかなって……あ、『ヒール』『ヒール・マジック』『ヒール・スタミナ』」

モニカを咎めたダルマメットを、咎められた本人が軽く流し、水の障壁に守られた三人を回復する。

モニカの回復魔法によって、三人の傷は一瞬にして全て塞がる。加えて、オスコットの失った魔力や、溜まっていた疲労などが癒される。

三人は、完璧な状態に……まるで時間そのものが巻き戻ったと錯覚するレベルで治癒された。

「うっそ……」

「な、なんだよ……この回復魔法……!?」

「か、体の奥底から力が湧いてくる……な、何者なのだ……？」

モニカは苦笑を浮かべる。

「ええっと……勇者を目指すただの候補生です……かね？　あ……っと、『ウォータースプレッド』！」

モニカは襲いかかって来たモンスターに向かって手の平を向ける。そこから、水が光線の如く噴射され、モンスターの肉を貫いた。

そして、近くでモンスターに傷付けられた兵士に向かって『ヒール』を行う……。水を纏って戦うその姿は、まるで――聖女。

思わず見惚れてしまった勇者達は頭を振ると、すぐに前線へ復帰した。

モニカが前線で直接負傷者の治療を行い始めたことで、負傷者はすぐに前線へ復帰し、モンスター達との均衡が変化し始める。

だが、モンスターもさすがに気づく。

知恵の回るモンスターは、人間達が勢いづいている理由がモニカにあると分かる。すると、他のモンスターを引き連れ、モニカに群がり始める。

「わっ!?」

突然、モニカへ攻撃が集中する。他の者達は、モンスターと戦っているため、モニカの援護など到底出来ない……!

モニカは慌てて自分の周囲を水の障壁で守る。

モンスターの牙や爪が障壁に弾かれるが、それを無視し、モンスター達がモニカを取り囲む。

物量で押されれば、障壁も突破されてしまう――モニカは一瞬のうちに思考を回し、魔法を唱えた。

「『アクアランス』!」

水の障壁――その表面から水の槍が突き出る。

何本も出現したそれにモンスター達は貫かれて絶命――モニカを取り囲んでいたモンスター達が無力化される。

「す、すごい……一撃で……!」

モニカの戦いぶりを見ていた兵士達が驚きの声を上げた。

その後も、モニカを起点とし、前線が押し上げられていく。このままモンスターに勝利することが出来る……と、戦場に立つ人々が思った矢先。突如、地面が盛り上がった。

人類連合とモンスター達が戦っている前線――それよりも後方。首都から離れた地面が山のように盛り上がったのだ。

次の瞬間――地面を突き破り、巨大なモンスターが姿を現した。

『ホオオオオオオオオオー！』

咆哮。

前線で戦っていた者達は、巨大なモンスターを見て戦慄する。

「おいおい……！　あれって、マンマモスか⁉」

オスコットの言ったマンマモスは、第一九八階層にある、砂漠に出没する巨大モンスターだ。

ベヒーモス同様、現状では太刀打ちの出来ない相手だ。

マンマモスは二本の角を生やした象の如き姿で、雄叫びを上げながら首都へ向かって進行を始める。

「ま、まずいよー！　あんなのが来たらあたしらじゃどうしようもないよー⁉」

「むっ……！」

セインの言葉にダルマメットが苦渋の表情を浮かべる。

だが、どうしようもないからと言って何もしないわけではない。ダルマメットは盾を構え、進行するマンマモスに立ち向かう。それに続いて、セインやオスコットもマンマモスに接近する。

と、三人がマンマモスとの戦闘を開始する前に、既にマンマモスと交戦している者がいた。

モニカだ。

『ホオオオオオ！』

「わー!?　『アクアシールド』！」

マンマモスが振り上げた前足を、水の障壁で受ける。

衝撃が辺り一帯に走り、突風が吹く。

「す、すごいあの子……！　マンマモスの一撃を一人で受け切ってる！」

「驚いてる場合ではない！　加勢するのだ！」

ダルマメットはセインに言って、一人でマンマモスと対峙するモニカの元へ向かう。

一方、モニカは巨大なマンマモスを相手に一歩も引かず、その強烈な一撃を防いでいた。

「わ、私だって……！　勇者になるために頑張ってるもん……！　勇者になって、故郷のお父さんやお母さんに、美味しい物……たくさん食べさせてあげるって約束してるんだから！　こんな……ところで、負けないから！」

モニカは水の障壁を爆散させ、マンマモスの前足を上方へと弾き飛ばす。その隙を突き、攻撃魔法を放つ。しかし、マンマモスは他のモンスターに比べて外皮が硬く、魔法は通らなかった。

それは加勢に来た勇者達も同様で、セインやオスコットが横からマンマモスに攻撃を加えるものの、全く歯が立たない。

マンマモスは長い鼻を鞭の如くしならせ、攻撃を繰り出す。その猛攻を防ぐモニカは、ジリジリと追い詰められていく。

「うう……こ、このままじゃ……っ！」

モニカが額に汗を流し、いよいよピンチというところ。そんな折に、上空から音が響く。甲高い音は、徐々にマンマモスの方へと近付き——そして、

「『フレア』！」

美しい声色と共に紡がれた火属性魔法が、マンマモスの全身を覆って、上空から放たれる。

『ホオオオオオオ！』

全身に炎が纏わり付き、悲鳴にも似た鳴き声を上げるマンマモス。

その頭上を飛んでいるのは、紅蓮の髪を靡かせるエレシュリーゼだった。

エレシュリーゼはすぐに、モニカへ声を投げる。

「モニカさん！　水を！」

「は、はい！『アクアフォール』！」

エレシュリーゼの指示に従い、モニカはマンマモスの頭上から大量の水を浴びせる。無論、マンマモスの硬い外皮によって全て弾かれてしまいダメージはない。それを無視し、エレシュリーゼは再び猛火を浴びせさせる。

エレシュリーゼは、一連の攻撃を二度、三度と繰り返す。そうしているうちに、マンマモスの外皮が徐々にだが脆くなる。

エレシュリーゼはそれを見逃すことなく、すぐ勇者達に指示を飛ばす。

「オスコットさん、セインさん！　攻撃を！」

二人はすぐに反応し、脆くなったマンマモスの外皮を貫く高威力の攻撃を叩き込む。

オスコットの風が刃となって切り裂き、セインの突き出した拳がマンマモスを穿つ。

『ホオオオオオオオオオ！』

マンマモスは痛みからか、叫びながら暴れ出す。無作為に足と鼻を動かし、ジタバタと抵抗する。不意に、長い鼻がモニカへと迫ったが、それをダルマメットが自慢の盾で防いだ。

「あ、ありがとうございます……！」

「いや、我輩の取り柄はこれしかないのでな……。それよりも……」

ダルマメットはマンマモスを見据える。

マンマモスはエレシュリーゼの策により、瀕死のダメージを受けていた。だが、バカげた生命力のせいで、まだ倒れない。

「……どれだけ硬くとも、熱し、冷やせば脆くなるものですわ。それでも倒れないとは…………ならばっ！」

エレシュリーゼは手を翳し、炎を生み出す。炎の中からは一振りの剣が現れ、それを手に取る。

そして――、

「絶剣五輪……！　『火花《ひばな》』！」

エレシュリーゼは上空から急降下しながら、剣を下段に構える。剣先から火花が散ると、徐々に刃が燃え上がる。炎を纏った剣は、紅蓮に染まる。

エレシュリーゼはそのままの勢いで、マンマモスに剣を振るう。

刹那――紅蓮なる剣から炎が解き放たれ、爆発。マンマモスに炸裂する。

『ホオオオオオオー!?』

その炎は、マンマモスの肉を焼き切り、一刀両断する。

マンマモスは、断末魔の叫びを残し、その場に倒れた。

「す、すごい……!」

「さっすが、エレちゃ～ん。歴代最強は伊達じゃないね!」

モニカとセインが言うと、エレシュリーゼは苦笑した。

「いえ、それほどでも……。それより、まだモンスター達は残ってますわ。このままの勢いで片付けますわよ!」

「それはいいけどー。南の方は大丈夫だったのー?」

セインの問いに、エレシュリーゼは少しだけ不機嫌な様子で、唇を尖らせた。

「まあ、大丈夫ですわ。今頃、オルトさんとレシアさんが――あ、いえ、何でもありませんわ!さあ、行きますわよ!」

「……?」

エレシュリーゼの様子に首を傾げたセインだったが、深くは追求することなく、モンスターの殲滅へ向かったエレシュリーゼの後を追った。

「……オルトくんとレシアさん？」

　残ったモニカは、エレシュリーゼの口から漏れた名前が気になったが……今はそんな場合ではないと首を振り、自分もまたエレシュリーゼの後を追った。

※

　一人、魔人の現れた方角へ向かっていたラッセルは、首都から数キロ離れた海岸沿いにある屋敷を見つけた。

「ふむ……ここに二人いるな」

　ラッセルは魔人の気配を感じ取り、屋敷の玄関まで足を進める。人の身の丈より、ふた回り大きな扉を三回叩く。

　しばらく待ったが、中から応答がなかったため、ラッセルは扉を無理矢理開けた。

「法律……憲兵は異常の確認のため、家屋の強制調査が出来る権限を持つ。失礼するぞ！　家主はいらっしゃるか！」

　玄関に入ると、屋敷内は薄暗く、不気味な雰囲気に包まれていた。ラッセルの声が木霊する中、奥の部屋から二つの影が、玄関に向かって来る。

「おや……来客かい？」

「む……キュスター・アルテーゼ……」

現れたのはキュスターだった。その後ろに、メイドと思わしき人物が控えている。

「ここは私の別荘なんだけどねえ……何か用かい？」

「しらばっくれても無駄である！　貴様が魔人という情報は、既に得ているのだ！」

「っ……」

ラッセルの言葉に反応したのはメイドだった。

今にもラッセルに飛びかかろうとしたメイドを、キュスターが手で制した。

「へえ……どこで手に入れたか知らないけどねえ。そんな私のところに、単身で乗り込むなんて、君はバカかい？」

「そう思うか？」

ラッセルは腰の剣を強調する。

キュスターはそれを鼻で笑った。

「ふっ……話にならないねえ。ここで君の相手になってもいいけれど、私にもやるべきことがあるからねえ。……客人のお相手をして差し上げなさい」

「はっ……畏まりました」

キュスターはそう言って、ラッセルの横を通り過ぎる。その後、一瞬にして姿が掻き消えた。

転移魔法で移動したのだろう。

ラッセルはキュスターに目もくれず、この屋敷に残っている魔人の気配を探る。

「……では、主人の命に従い、お客様のお相手をさせて頂きます。私はイザベラ……上級悪魔でございます」

恐らく、ラッセルを怯えさせようという意味で自己紹介したのだろう。だが、ラッセルからして見れば、「ああ、なんだ上級悪魔か」程度にしか思わない。

故に、ラッセルが黙っていることに関して、何を勘違いしたのか……イザベラが不敵な笑みを浮かべる。

「ふっ……理解したようですね。私は、人間如きでは決して倒すことの出来ない存在でございます。人間の……神器使いや勇者ならばともかく。大した魔力も感じない、雄一匹では足元にも及ばないのです」

「……ふむ」

「どうしました？　恐怖で身が竦んだのですか？　単身、ここへ乗り込んだ愚かさを知るがいいのです！」

イザベラはスカートの中に隠していたナイフを両手に、ラッセルとの間合いを詰める。

スカートが翻り、イザベラのナイフがラッセルの首筋を捉える。

「死になさい！」

「……『アーマメント』」

ガキンッ！

ナイフはラッセルの首を刎ねることが出来なかった。まるで、金属同士が衝突した音が響き、衝撃波が屋敷を揺らす。

イザベラは驚愕に表情を染める。

「ば、バカな!?」

イザベラは異常事態に対処すべく後方に大きく飛び退き、体勢を立て直す。

ラッセルは一歩たりとも動いておらず、首からは小さな煙が立ち上っている。

「一体……何をしたのですか……?」

イザベラが恐る恐る尋ねる。

「ちょっとした技でな。特殊な修練を積むことで体得出来る。『アーマメント』と言って、簡単に言うなら、体の一部を鋼の硬度にするのだ。まあ、つまり、貴様程度の攻撃では傷一つ付かないというわけだ！　はっはっはっ！」

「くっ……舐めるな！」

イザベラは人間に舐められてたまるかというプライドで、ラッセルにナイフを振るう。肉体から魔力を迸らせ、常軌を逸脱したパワーで猛攻――。

屋敷にはその衝撃だけで亀裂が入り、崩れそうになる。

だというのに、イザベラの攻撃はラッセルの体に傷を付けられない……！

「くっ……何者なのですか！　あなたは！」

「俺はラッセルと言う。憲兵をやっている！」

ラッセルはそう言って、剣に手をかけた。

そして、上級悪魔のイザベラが反応すら出来ない速度で、両腕を肩から斬り飛ばす。腕が血飛沫を上げて宙を舞う。

「かっ⁉」

「はっはっはっ！　おおよそ、第三〇〇階層台の悪魔だな。俺を倒したいのなら、九〇〇階層クラスの悪魔を連れてくることだ！」

ラッセルは情け容赦なく、イザベラの首を刎ねる。

魔族と言えど、首を刎ねて生きてはいられない。イザベラの体は動かなくなり、その場に崩れ落ちる。

ラッセルは剣を腰に戻し、辺りを見回す。

「ここに残っている魔人の気配は地下だな……。どこかに地下へ続く道があるはずなのだが
……面倒臭い！」

ラッセルは拳を握ると、

「『アーマメント』」

右手を硬化させて床を殴った……！

床に亀裂が走り、粉々に砕けるとラッセルの体が落ちる。落ちた先は、屋敷の地下だ。

落ちてすぐ、土埃が立ち上る中で、ラッセルは顔を顰める。酷い腐敗臭に手で鼻を覆った。

土埃が晴れると、屋敷の地下施設が露わとなる。

多くの牢屋と、拷問器具。そして、生きているのか不明な――人。いや、人と言ってもいいのか分からないくらい、それらは人の形を成していなかった。

「酷いな……」

ラッセルは眉間に力が入っているのが分かった。

と、そこへ――。

「ホーホホー？　随分と、派手な登場デスね？　何者デス？」

ギョロギョロと目玉を蠢かせながら、魔人グローテが姿を現した。手には、何かを持って引き摺っていた。

それは、人だった。男と女。体の一部分が縫い合わされた――人だった。

「おい、貴様。何をやっているのだ？」

「何とは……？　ホーホホー！　これのことデス？　ホーホホー！　ちょっとした実験デスよ～。愛する者同士、繋がりたいと思うのが人間デス……だから、繋げてみたらどうなるか気になるじゃないデスか！　ホーホホー！」

グローテは陽気に笑う。

本来なら縫い合わされた二人は生きているはずもないのに、魔人の力で生かされている。口が僅かにだが動いていた。それは、何かラッセルに伝えようとしていて――。

「……………こ、ろ……して。わた……しを」

「お、れを……」

「…………分かった」

この地下牢には、二人以外にもそれを望む者がいる。

ラッセルはそれを気配で感じ取り、全てを了承して剣を抜く。

「ホーホホー？　いいデスね～。せめてもう苦しみを感じないよう、アナタの手で殺すのデスね？　ホーホホー！　いいデスよ。殺すといいデス！　同胞を殺し、苦渋に満ちたアナタの顔を見せるのデス！　ホーホホー！　ホーホホー！」

グローテは陽気に笑う。

ラッセルはゆっくりと瞳を閉じた後、静かに口を開く。

「……殺すのは、貴様だ！　外道がああぁ!!」

「ホーホホー!?」

『アーマメント』で硬化された右手で、ラッセルはグローテの顔を殴り飛ばした――！

ラッセルに殴り飛ばされたグローテは、屋敷の屋根を突き破って吹き飛ぶ。そのまま地面に向かって放物線を描くが、激突する直前で受け身を取って立ち上がる。

ラッセルはグローテを逃さず、追撃にもう一発……その顔に拳を打ち込む。

「でりゃああぁ!!」

「ホーホホーっ!?」

再び直撃。

グローテの上体が大きく仰け反りながら地面を滑る。

付近に生えていた木々が衝撃で薙ぎ倒される。

グローテはしばらくして停止し、体幹を屈曲させた。

「ほ……ホーホホーホーホホーホーホホー……。人間にしては、良いパンチ……デス。結構、効いたデスぞ？」

グローテは口の端から垂れた血を拭う。

これにラッセルは思わず驚いてしまう。自分のパンチを受けて、普通に立っている相手は数少ない。そういう自信があった。

グローテも全くダメージがないわけではないが……しかし、やはり魔人。油断ならない相手だと再認識し、ラッセルは目を細めた。

「ホーホホー……今度は、ワタシから行くデス！　ホーホホー‼」

「『アーマメント』！」

グローテはラッセルを真似て、ラッセルの顔面に右から拳を振るう。ラッセルが顔を硬化させた後、グローテの拳が直撃。

体が浮かぬよう、足の裏で地面にしがみ付いていたラッセルの体が大きく跳ね上がる。地面も一緒に捲れ上がりながら、ラッセルは後方に吹き飛ばされる。

「ホーホホー！」

「っ！」

グローテの追撃。

宙を飛ぶラッセルの上から両手を合わせて振り下ろす。ラッセルは身を攀《よ》じることでそれを避け、硬化させた右下腿で、グローテの左側頭部にカウンターを叩き込む。

グローテは斜め下に吹き飛び、地面に激突。爆発が起こり、土埃が遥か上空まで上る。その間に着地し、体勢を立て直すラッセル。

「厄介な相手であるな……魔人！」

「それはお互い様デスぞ。人間。ホーホホー！」

土埃から飛び出したグローテは、背中から羽を伸ばし、宙を浮いてラッセルと相対する。

「魔人であるワタシと互角に渡り合う身体能力……。反射速度も、人間ではないデスな？　一体、何者デス？　神器使いでもないようデスし、勇者でもないデス？」

「その通り。俺は神器使いでも、勇者でもない！　俺は……ただの憲兵だ！」

「ホーホホー？　憲兵？　治安部隊の小僧が、ワタシと互角デス？　面白くない冗談デスぞ？」

「いや、嘘ではない」

「あくまでも本当のことは言わないと……なら、アナタを倒して吐かせるとするデス！　ホーホホー！」

まさかグローテも、本当にラッセルがただの憲兵であるなどと思っていないようで……バカにされたと勘違いし、額に青筋を立てている。

ラッセルとしては、本当のことを言っているだけなのだが……。

「『悪魔の爪』！」

「ぬ」

グローテは宙で爪を伸ばす。伸びた爪は、鋭く尖り、舞う木の葉がスルリと切断された。グローテは滑空しながらラッセルとの距離を詰める。

ラッセルは剣に手を置き、グローテの爪が振り下ろされると同時に鞘から抜き放つ。

刹那――グローテとラッセルの爪と剣が衝突。衝撃波で周囲一〇〇メートルが吹き飛び、地形が変わる。

「ホーホー⁉」

「ぐぐぐっ⁉」

パワーは互角……！

「魔人であるワタシとここまで張り合うとは驚きデス！」

「こっちはライバルのお墨付きだったのだがな！」

しばらく鍔迫り合いが続き、最初に動いたのはラッセルだった。

ラッセルはグローテの力が向いているベクトルを、自身の身体技術で逸らす。グローテの体が大きく前のめりに崩れ、その隙を逃さず剣を横薙ぎに振るう。

グローテは羽ばたいて上空へ逃げる。顎先をラッセルの刃が通り過ぎる。

返す剣で、ラッセルは再度グローテを狙う。少し分が悪いと悟ったか、グローテは再び羽ばたいて宙へ逃げてラッセルの追撃を回避する。

一瞬の立ち合い。

「ホーホホー……。避けてもすぐに攻撃が来るから、疲れるデスな。アナタ、人間にしておくには惜しいくらい強いデスな」

「はっはっはっ！　…………魔人に褒められても嬉しくはないな」

「ホーホホー！　傷付くデス！」

グローテは態とらしく肩を竦め、ニタリと笑った。

「ホーホホー。ホーホホー。茶番は……もう終わりにするデス」

「何……？」

ラッセルは不気味な気配を感じ、身構える。

それを嘲笑うが如く、グローテは口を開く。

「『ペインジェネレイト』！」

「ぬおおおっ!?」

グローテが叫ぶのに合わせて、ラッセルの体に耐え難い苦痛が降り注ぐ。なんの前触れもなく、体が引き裂かれんばかりの激痛を帯びる。

「ホーホホー！『ペインジェネレイト』を受けて、意識を保っていられるとは……普通の精神ではないデスな！」

「き、貴様……何をした……」

尋常ならざる激痛に、ラッセルは膝を付く。

グローテは嗤う。

「アナタ、魔人のことをあまり知らないのデスな？　ホーホホー！　いいデス。教えるデスよ。これは、ワタシの能力デス！　ワタシは『苦痛の魔人』グローテ！　今まで、他者に与えた苦痛を、対象に与えることが出来るのデス！」

「『苦痛の魔人』……能力だと？」

ラッセルが地下で見た惨劇。つまりは、あの場にいた人々が感じたであろう苦痛の全てをラッセルの身に与えたということだろう。

ラッセルはもはや、意識を保っているのがやっとだった。

「ホーホホー！　さあさあ、先ほどまでの威勢はどうしたのデス！　ホーホホーホーホホーホーホホー!!」

「これ……は、貴様が今まで苦しめて来た人達の痛み……ということか。貴様はっ……今まで、こんなにたくさんの苦痛を、与えてきたという……ことかっ！」

ラッセルは定まらない視界でグローテを捉える。

グローテは余裕の笑みを浮かべ、

「ホーホホー！　だから、どうしたというのデス？　アナタに何が出来るのデス？」

「お、れの正義に賭けて……貴様は許さん！」

ラッセルは自らを奮い立たせ、グローテに剣を向ける。

「その体でよくもまあ……人間とはいえ、感心デス！　しかし……癪に触るデスな！」

グローテは一気に勝負を決めるため、ラッセルとの距離を詰める。そして、両手の爪でラッセルを上下左右から引っ掻く……！

ラッセルは見えない目を捨て、気配のみを頼りにグローテの猛攻を剣で弾く。

ぶ。

「とおりゃああ!!」

ラッセルとグローテの攻撃がぶつかり、衝撃波を撒き散らしながら互いの腕が上方に弾け飛ぶ。

「ホーホホー!」

二人はすぐに腕を引き戻し、己の武器を振るう。

圧倒的にグローテが有利な状況――だが、

「ば、バカな! これだけの手数……目も真面《まとも》に見えていないはずなのに防いでいるデス!?」

「………おりゃあああ!!」

「ホーホホー!?」

ラッセルは一瞬の隙を突き、グローテの腹部を剣で突く。魔力の塊である魔人の皮膚を貫くことは出来なかったが、ラッセルの剣は斬れずとも、パワーだけで大地を割る。その直撃を受けたグローテは、腹部を抑えて蹲り、悶絶する。

「ぐおお……デス! こんな……し、死に損ないにワタシがっ……!」

「はあ……はあ…今のは俺が受けた痛みの分だ……。そして、これは……貴様が今まで苦しめてきた人々の分だ……! 征くぞ! 『正義執行』!」

ラッセルを中心に大気が震え出し、グローテはその場から身動きが出来なくなる。

「なっ……か、体が動かないデス!?」

「貴様の行いは……俺の正義にとって邪道だ! そして、正義こそ! 我が王道! 我が正道！」

ラッセルは剣を上段に構える。

ラッセルの剣に大気が纏わりつくように集まっていく――。

「な、何をするつもりデス⁉」

「これが、今まで貴様が苦しめてきた人々の分だあああ！　喰らえ！　『ロード・ジャスティス』！」

ラッセルが剣を振り下ろすと、剣に集まっていた膨大なエネルギーが白い巨大な光線となって発射。振り下ろした直線上の全てが消滅。グローテもその存在そのものが消滅する。

直線距離数キロの大地が、そこだけ何かに抉り取られたかのように消え去った。残ったのは、地面が焼け焦げる臭いと熱のみ……。

ラッセルは大の字に寝転がり、呼吸を荒くさせる。

「ぜえ……ぜえ……。これだけ辛い戦いは、オルト以来だった！　ぜえ……ぜえ……はっはっはっ！　オルトには負けたが、魔人には勝てた！　はっはっはっ！　はっはっはっ！　ごほっ⁉」

さすがに、ダメージを受け過ぎたラッセルは笑い過ぎて血を吐いた。

とはいえ、直接的なダメージはほとんど受けていないため、外傷はなかった。『ペインジェネレイト』……ほぼ無条件に与えられた莫大な苦痛。チート過ぎる能力だった。

「気をつけろ……オルト。どうやら、魔人は……思っていたよりもやるぞおお！　ごほっ⁉」

オルトに伝えようと、大声で叫んだラッセルは……再び、口から血を吐いた。

※

オルトとレシアの前に現れたのは、キュスター・アルテーゼだった。

背中からは翼が生え、額に禍々しい角がある。

「おいおい……良いタイミングで出て来やがったな」

「おや、それはどういう意味だねえ？」

「いや、こっちの話だ。気にすんな」

オルトはチラチラと横目にレシアを見るが、面と向かって顔は合わせられない様子。今しがた、うっかり思っていたことを口にしてしまったオルトは、恥ずかしさで死にたくなっていた。

一方、レシアの方は口をパクパクと魚のようになっていた。顔は真っ赤になっている。

キュスターは首を傾げる。

「ふうん？　まあ、なんでもいいけどねえ。私の所有物を横取りしようとするなんて、いい度胸だねえ？」

キュスターの言葉に、オルトの額に青筋が立つ。

「おいおい……そりゃあレシアのこと言ってんのか？」

「勿論だとも。それは私の物だ」

「……違うな。間違ってるぜキュスター。レシアは……あー……あれだ。別に誰の物でもねえよ。誰かの物になる器じゃねえ」

ここで「自分の物」だということは言えなかったオルト。普段、傲岸不遜な態度を取っている割に大人しい。

オルトの言葉に、今度はキュスターが青筋を額に立てた。

「ふっ……気に入らないねえ」

「気に入らねえのはこっちだ。キュスター。てめえが覚えてるかどうか知らねえが、こっちは八年分溜めてるもんがあるんだよ」

オルトの瞳に殺気が宿る。

この八年間の恨み――その権化が、今目の前にいる……！

「何を言っているのか分からないけどねえ……その目……本当に気にいらないねえ。見ての通り、私は魔族……。人間如きが、この私に刃向かうつもりかい？」

「てめえら魔族は、人間如きってのが好きみてえだけど……あんまし人間舐めんじゃねえよ。人間ってのは、その気になりゃあなんだって出来るんだぜ？　てめえをぶった斬るとかな」

オルトが刀の柄に手を置くと、キュスターはあからさまに不機嫌な表情になる。

「ふんっ……なら、やってみるが良いさ！　『マリオネット・デーモン』！」

キュスターの声に合わせて、地面から不気味な姿をした悪魔達が現れる。鳥の頭に人間に似た体。キュスターの眷属達だ。それがおよそ三体。

「華奢な技だな！」

オルトは刀を抜き放つ。居合一閃――キュスターが召喚した眷属達の首を撥ねる。

キュスターは目を剥く。

「驚いたねえ。一撃か……」

「飛んでねえで降りて来いよ。後、雑魚を何体並べても無意味だからな」

「そうみたいだねえ。なら、これはどうかねえ？『マリオネット・ライト』『マリオネット・レフト』」

キュスターの呼び声に応え、異次元が開く。空間に現れた穴からは、人形が這い出てきた。片や、真っ黒で大きな人型の人形だ。顔には仮面が被せられている。体長にして三メートル。

もう一方は、赤黒いドレスを着た人間で言うところの女性を模した人形だった。大きさも並みの人間サイズであり、やはりこちらも奇妙な仮面を被せられている。

「どんな手品だ？」

「ふふ……私の可愛い人形でねえ。ライトとレフトという」

黒いのがライトで、赤いのがレフト。

「私の操れる眷属の中でも実力は折り紙付きさ」

「へえ……」

オルトは目を細める。

確かに感じられる魔力量が桁違いだ。恐らく、キュスターの魔力を与えられている。

一筋縄では……いかなそうだった。

オルトが刀を手に構えると、レシアがコツコツと足音を鳴らしてオルトの隣に並んだ。

「レシア……？　おい、危ねえから下がってろ」

顔を俯かせているため、表情は窺えない。しかし、これから魔人と本格的な戦闘となる。オルトですらレシアを守りながら戦えるか分からなかった。

しかし、オルトの思いとは裏腹にレシアは神器――ブリュンヒルデを顕現させて構えた。

「お、おいレシア？」

困惑して名前を呼んだオルトに合わせて、ライトとレフトが飛びかかる。

オルトが反応して刀を振るおうと――。

「……『ストライクフィリア』!!」

レシアが槍を投擲。ライトとレフトはブリュンヒルデに貫かれ、一瞬にして消え去る。

それで止まることなく、ブリュンヒルデはキュスターへ向かって直進――当たる直前で、キュスターは身を捩って避ける。だが、僅かに反応が遅れてしまい、脇腹に裂傷を受ける。

「なっ……お、お前ええ!!　私の所有物の分際で……分際でええ!!　私に傷を付けたなああ!!」

キュスターは激怒し、レシアに向かって飛ぶ。

「させるかよ！」

オルトは驚きつつもキュスターをレシアに近づけさせてたまるかと、今度こそ刀を――。

「オルト!!」

と、オルトをレシアが一喝して制する。

そのままレシアに向かって拳を振り上げたキュスターに、レシアがカウンター気味に拳を放つ。

レシアの左拳がキュスターの顔面を穿つ。拳は減り込み、顔が潰れ、とてつもないパワーで遥か後方へ吹き飛ぶ。

「ぺぎょえええええ!?」

キュスターは間抜けな悲鳴を上げながら、幾度となく地面をバウンド。やがて、地面を滑って停止した。

「ご、お……ごおお……!?　な、んだこのダメージはっ……これだけの力……今までなかったはず……だぞ！」

たった一撃でキュスターは瀕死のダメージを負った。これこそ、魔人が恐れる神器使いの力。

「まさか……この短期間で覚醒した……というのか……？」

もしそうだとしたら、その要因は……？

キュスターがそれを考えるよりも早く、レシアが追撃に地面を蹴る。

「キュスタあああああ!!」

「ひいいいい!?」

レシアはその手に槍を持ち、キュスターに向かって振り下ろす。キュスターは間一髪でそれを避け、翼で飛んで距離を取る。

しかし、レシアは尋常ならざる速度で跳躍。一瞬にして、キュスターに肉迫すると、槍の柄で体を薙ぎ払う。

「ごぼあああ⁉」

再び間抜けな悲鳴を上げ、キュスターは地面に叩き落される。

レシアは華麗に着地し、土埃に塗れるキュスターを見据える。

「こ、の……この私に、二度も無様な声をおお……っ！」

「……キュスター。あなたとの因縁をここで終わらせて頂きます」

レシアは眉間に皺を寄せ、その身に殺気を迸らせていた。その気に圧倒され、キュスターは怯える。

「ひ、ひいい⁉」

魔人を圧倒するレシア。その姿を遅れてやってきたオルトが眺め見る。

「あいつ、すげえな……」

これが神器使いの力。魔人の恐れる力。

キュスターは歯噛みした。

「くそっ……！　調子に乗るなあああ！」

「はっ！」

激昂したキュスターがレシアに飛びかかる。

レシアは冷静に半身を取って躱し、ガラ空きになったキュスターの背に踵を落とす。

「ぎいいい!?」

キュスターの体がくの字に折れ曲り、地面に叩きつけられる。大地がレシアを中心に割れる。

レシアは槍先をキュスターに向けた。

「な、なぜ……だああ……。この、私がああ……!」

「……残念でしたね。今までの私なら、きっとあなたには勝てなかったでしょう。しかし、今……あたしは、魔人だろうがなんだろうが……負ける気がしないわ!」

ブリュンヒルデから桃色のオーラが溢れ出し、レシアの全身を覆った。

レシアの碧眼が桃色に変化していく。

「ぐおお……し、仕方ない……! ここでやられるわけにはいかない!」

「何を……」

キュスターから不穏な気配を感じたレシアは、油断なく槍を構える。

オルトもそれを感じ取り、身構える。レシアの力がどういう理由か飛躍的に上昇したため、眺めていてもキュスターが倒されそうだったから傍観していたが——魔人はまだ、隠し球を持っている。

「ふふふ……そういえば、自己紹介をしていなかったねえ……。私は『傀儡の魔人』キュスター! 『マリオネット・フォース』!」

キュスターの体から膨大な魔力が溢れ出し、大気が大きく揺らぐ。溢れ出た魔力は、レシアの体を桃色のオーラの上から覆う。

「こ、これは……キュスター何を――」

「ふふふ……あまり使いたくない私の奥の手さ……。私の魔力のほとんどを使わないといけない上に、使った対象には二度と使えない……だけど……」

「くっ……は……」

身を捩って抵抗していたレシアだったが、しばらくしてその動きが止まる。

「レシア？」

オルトが声をかけると、レシアの目には光がなかった。

オルトは直感的に乾いた笑いを浮かべる。

「おいおい、マジかよ……洗脳か？」

「ふふ……察しがいいねえ。ごほっ……ぐふっ……はあはあ……。神器使いには魔人の能力が効き難いんだけどねえ。彼女は別さ。こんなこともあろうかと、予め私の能力の影響を受け易くしてある」

「用意周到なこったなあ」

多くの魔力を失ったためか、キュスターは魔人特有の驚異的回復力がなくなっている。叩きつけられた地面から動いておらず、血を吐いている。

もはや、キュスター自身は実質的に戦闘不能だ。

「まあ、洗脳されたってんなら、てめえを斬りゃあいいんだろ？」

「斬れればねえ？」

不敵な笑みを浮かべたキュスターの前にレシアが立つ。

「まあ、そう来るわな」

「…………」

こうしてオルトとレシアが対峙した。

※

「いけ！　あの男を殺せ！」

「…………！」

キュスターの声に呼応し、レシアがオルトに向かって槍を穿つ。

オルトは冷静に槍の軌道を見極め、上体を逸らす。オルトの胸板を槍先が掠める。

「おいおい、レシア……簡単に洗脳なんざされちまいやがって……ったく！」

一発入れれば正気に戻るかも……などと考えたが、仮にも魔人の能力。浅はかな判断は……愚かだ。

レシアは槍を引き戻し、再びオルトに向かって突く。

まさに神速の突きというべき速度。風切り音が遅れて走る。オルトは、首を捻って躱す。槍先はオルトの頬を滑る。

レシアの連続突きが二度、三度と繰り返されるが、オルトは最小限の動きのみで全て捌いてみせた。

「ば、バカな!?　この私を圧倒していた神器使いの猛攻をっ!?」

キュスターが異次元の戦闘に目を剥く。

レシアの力は、先ほどと全く変わらない。魔人であっても反応できるかどうかという領域
――それを紙一重で躱しているオルトとは、一体何者なのか……？

キュスターが地面を這った状態でそんなことを考えている間も、オルトはレシアの槍を捌き続ける。

「避けても避けても……こっちは反撃できねえってのに！　くそっ……仕方ねえなあ!!」

オルトでは、レシアを攻撃することができない。

無理にでもここは……レシアを無視してキュスターを倒す必要がある。今のキュスターならば、オルトの一撃で確実に倒せる。操っている本体が倒されれば、洗脳が解けるはず……。

だが、レシアもそれを黙って見てはいないだろう。

オルトは一撃を喰らう覚悟で刀を抜き、一瞬の間隙を縫ってキュスターへ足を向ける。

「キュスター！」

「ひ、ひいいい!?　わ、私を守れえええ!?」

「…………っ！」

オルトがキュスターへ襲いかかる。レシアは瞬時に反応し、オルトの前に回り込む。

オルトは反応し、右へ進路を切る。その速度は、体が掻き消えるほど……。だが、レシアは

それを追って、槍をオルトの脇腹へ突き出す。

オルトは『建御雷』で脇腹を硬化させ、そのままキュスターへ向かう――と、次の瞬間。

「っ……てえ⁉」

オルトの脇腹を槍が貫通。鮮血が舞う。

レシアは槍を突き刺したまま、槍を払ってオルトを横薙ぎに吹き飛ばす。

吹き飛ばされたオルトは、受け身を取り、そのまま滑って地面に着地する。

「いってえ……」

オルトは左脇腹を抑える。

『建御雷』を突き破った。そのことに、オルトは驚きを禁じ得なかった。今まで、『建御雷』が通用しなかった相手は、唯一ラッセルのみ。

驚愕するオルトにレシアが迫る。

レシアによる突きの猛攻。それを紙一重で躱すオルトだったが、脇腹の痛みで動きが鈍い。

徐々に、槍が皮膚を掠める。オルトの体に、無数の裂傷が出来る。

「くっ……⁉」

オルトは何も出来ないまま――レシアの槍がオルトの腹部を抉る。完全な致命傷。

「いったあ……」

オルトは顔を歪め、なんとかレシアから距離を取るために後方へ大きく飛び退く。

オルトはダメージを負った姿で膝を地面に付いた。

「あははは!! 素晴らしい……素晴らしい力だ! 君もガルメラを倒したんだ……それなりに、腕に自信があったんだろう?」

「そりゃあな……いってて」

作り笑いを浮かべたオルトは、腹部と脇腹の痛みにそう呟く。キュスターは勝ち誇った笑みを浮かべた。

「ふふ……そもそも、君では彼女に勝てないさ。私の支配下にあるから分かる……」

「何がだ?」

キュスターは勿体ぶって間を空けて答える。

「神器……愛憎の槍ブリュンヒルデは、愛する者への愛が大きいほど、所持者の力が増す。そして……ブリュンヒルデには愛する者への特攻が付いている! ふふ……あははは! レシアが昔から想っていたのは……君だったようだねえ? 君じゃあ、どう足掻いてもレシアには勝てない!」

「………何?」

オルトは一瞬、何を言われたのか分からず素で返す。

しかし、キュスターにはそれが聴こえていなかったらしい。

「彼女は昔、よく言っていたよ……好きな人のために……ってねえ。きっと、レシアは君のことが本当に好きだったんだろうねえ……くく……いやはや、そんな彼女に、私との婚約を強制させた時の顔と言ったら……あははは!!」

「…………」

オルトは俯き黙り込む。

その間もキュスターは聞かれてもいないことをペラペラと口にする。

「両想いだったんだ！　良かったねえ？　君は想い人に殺されるんだ……本望だろう？」

レシアは光の無い瞳で、一歩一歩……オルトへと歩を進める。

「そして、レシアは想い人を自分の手で殺す……！　愉快だねえ！　実に愉快だねえ！　それを知った時のレシアの顔が、実に楽しみだねえ‼　あはは！　そして、悲しみにくれる彼女を私の力で操り……じっくりと、神器使いのサンプルとして操ってやる！　くく……あははは！」

嗤うキュスター。

レシアは遂に、オルトの目の前までやってきた。槍を構え、そのまま突き出せば、オルトの頭蓋が貫かれる。

キュスターは自身の勝利を確信して叫んだ。

「さあ、やれ！」

オルトは動かない。

キュスターの命令に従い、槍を突き出したレシアの槍は――オルトを刺し貫く直前で停止した。

カタカタと槍を持つレシアの手が震えている。まるで、何かに抵抗している――そして、次の瞬間。レシアを覆うキュスターの魔力がガラスのように弾け割れ、再び桃色のオーラがレシアの全身を覆った。

「へ……？　まさか……洗脳が解けた!?　そんなバカな！」

キュスターは思わず間抜けな声を上げる。

レシアは槍を投げ捨て、膝を付くオルトに駆け寄る。

「お、オルト……オルト！　ごめん……ごめんなさい！　あ、あたし……！」

「……うるせえ、バーカ。おっせえんだよ」

「いたっ……！」

血だらけのオルトは、駆け寄ったレシアの額にデコピンを見舞う。レシアは額を両手で抑えた。

「……まあ、てめえなら自分でなんとかできるったあ思ってた」

「……オルト。で、でも……もうすぐであたし……オルトを！」

「だから、バカだってんだよ。てめえは。惚れた女の攻撃も受け止めきれねえ……そんな器の小さな人間じゃねえんだよ。俺は」

オルトは痛む腹部を抑えながら続ける。

「つーか、特攻効果……だったか？　知らんけど。てめえが……その……そんだけ強いのは、俺の自惚れじゃあなけりゃあ……俺が好きだってことだろ？　そ、それで合ってるよな？　合ってるよな!?」

オルトは不安になって確認すると、レシアが頬を朱色に染めつつコクコク頷く。

オルトはほっと安堵の息を吐き、レシアの綺麗な金髪に手を置きながら立ち上がる。

「どうせ、キュスターの洗脳解くのに力使い切ってんだろ？　まあ……後は、俺に任せろよ」

オルトはレシアの前に立った。

あちらこちらから血が出ている上に、槍の特攻効果のせいか、酷い見た目よりもさらにダメージが体に与えられている。

だが、それをほとんど見せずオルトは立った。瘦せ我慢だ。

「ふ……ふふ……ふふははははは！　洗脳を解いたのは褒めよう……こうなれば、私も全力を出すしかない……ねえ！」

「隠し球はさっきので打ち止めじゃあねえのか？」

「隠し球が一つとは言っていないからねえ」

キュスターは這いつくばった姿勢からゆらりと立ち上がる。そして、天に向かって叫んだ。

「『マリオネット・マスター』！」

キュスターの声に呼応し、キュスターに向かって魔力が集まっていく。キュスターは失った魔力以上の魔力を得ただけではなく、体が肥大化した。

そこにいたのは怪物――もはや人型を捨てた巨大な悪魔の姿だ。

「へえ……どんな手品だそりゃあ？」

『ふはは！　『マリオネット・マスター』は、私が使役している全ての眷属から力を奪い、我が物とする能力！　眷属の多くを失う代わりに、私は絶大なパワーを得ることができる！　今、貴様の目の前には一万以上の悪魔達がいると知れ！』

そのキュスターの言葉はハッタリではない。

実際、キュスターから感じられる気配が尋常ではなかった。オルトも思わず身構える。

だが、オルトは余裕な笑みを浮かべる。

「はっ……どんだけ強くなろうが関係ねえ。てめえはもう終わりだ。キュスター」

『減らず口を……。そのボロボロの体で何が出来る？　見栄を張るな。所詮は脆い人間の肉体……』

「バカ野郎が……。惚れた女の前で張らなきゃ、どこで見栄を張るってんだっ!!」

オルトは刀を肩に担ぐ。

キュスターは口の端を吊り上げる。

『ふ……ならば、その女ごと死ねえ!!』

飛びかかるキュスターを前に、オルトは一歩も引かずに力を蓄える。

「あれは……」

レシアは、オルトの刀を肩に担ぐ構えを闘技場で見ていた。確か、あの時は一振りでとんでもない破壊力が……しかし、今のキュスターが相手ではあれでも通用するかどうか……。

次の瞬間。レシアは驚愕することになる。

オルトは不敵に笑ってこう呟いた。

「絶剣五輪……『覇王裂帛《はおうれっぱく》』！」

『ごっ⁉』

「え――？」

オルトが叫び、刀を振り下ろした刹那――空間が不満を囀るように犇めいたかと思うと、オルトが刀を振り下ろした直線上が跡形も無く消し飛んだ。キュスターは短い悲鳴を最後に消滅。

辺り一帯に舞った土埃が晴れた頃、戦いは終わっていた。

「ふう……」

オルトは刀を肩に担ぎ、一息吐いた。

この日――第九〇階層に十字形に抉られた大地が生まれた。

※

俺は正装の袖に腕を通す。

首元が妙に落ち着かず、襟に指を引っ掛けながらぼやく。

「こういう服は、俺には合わねえよな……」

「はっはっはっ！　豚に真珠だな！」

「……褒め言葉ありがとよ」

ラッセルの皮肉に渋面で返す。

そんなラッセルも俺と同じ正装を身に纏っていた。

俺のは黒を基調とした色合いで、金色の模様で彩られている。対してラッセルのものは白色を基調としており、プラチナブロンドの髪に良く映えていた。

「てめえは良く似合ってるな」

「そうか？　俺もこういった服はあまり着ないのでな。似合うかどうか不安だったのだが」

俺はそう言ったラッセルを尻目に天井を仰いだ。

俺達がいるのは第一〇〇階層にある認定の間という場所だ。

一〇万のモンスターを退け、上級悪魔含め……魔人の討伐という功績を称えられた俺とラッセルは、第一〇〇階層へ招かれた。そこで、俺とラッセルは勇者として認められることとなった。

特に、勇者に興味はなかったが——勇者になれば便利——というエレシュリーゼの言葉に乗っかり、申し出を受けることにした。

俺は対して深く考えなかったが、ラッセルはまた違った目的を持って勇者になるそうだ。

『俺の正義を貫くために、力は手に入れた。しかし、俺には財力と権力が足りないことに気づいたのだ！　勇者になって権力と財力を得る！　はっはっはっ！』

ラッセルにはラッセルの道がある。俺は深く聞かなかった。

しばらく認定の間の前で待っていると、

「あら……お二人ともお早いですわね」

「はわわ……わ、私変じゃないよね……？」

「…………」

認定の間に続く赤いカーペットの敷かれた廊下を、三人の美女が歩いてきた。

紅蓮の髪に合わせた赤いドレスを着たエレシュリーゼ。その隣で自身の青いドレスを気にしているのはモニカ。そして、二人の背後で恥ずかしそうにしているのは――こちらも金髪の髪に合わせた金色のドレスを纏ったレシアだった。

俺は思わずあんぐりと口を開けた。

「おおっ！　三人共綺麗ですな！　はっはっはっ！」

「ありがとうございますわ。ラッセルさんも似合っていらっしゃいますわ」

「は、はい……。私もそう思います……！」

「それは嬉しいですな！　……ぬ？　どうかしたか？　オルト」

「……はっ」

おっと……いかんいかん。レシアが可愛過ぎて意識が飛んでいた。

俺は改めてレシアに目を向ける。

「…………」

「…………」

レシアとはあの戦い以降、会えていなかった。

戦闘終了後、妙に気恥ずかしくて声をかけられなかったのもあるが……俺もレシアも事後処理に追い回されていたせいで、ゆっくりと話す時間が取れなかった。

しばらく俺とレシアは目を合わせる。沈黙を破ったのは……レシアの咳払いからだった。

「んんっ……おりゅと…………。こ、こほん……オルト。何か用ですか？」

「え……あ、いや……別に」

「そうですか……」

場に妙な空気が流れる。

モニカが首を傾げ、エレシュリーゼが面白くなさそうに腕を組む。ラッセルは俺を嘲笑ってやれやれと両手を挙げた。

「男が廃るな！」

「……うるせえ」

その後、準備が整ったとのことで、俺達五人は認定の間へと通される。

代々、勇者の認定が行われているというそこは、厳かな雰囲気に包まれていた。巨大なホールに何人もの貴族達が立ち並び、国王が奥に控えている。

その国王の近くには、セインやダルマメット、オスコットが控えていた。

「良く来たな。そなたら五人の活躍……しかと見ていた」

そういえば、国王。影が薄かったが、あの時選抜戦を見に来ていたのだった。

俺達は国王の前で膝を付く。

それから長々とした国王の話が続いた後、勇者の認定が始まる。

「まず……モニカ」

「は、はい！」

国王に名前を呼ばれたモニカが、声を上擦らせながら返事をする。

「そなたは、此度の件で多くの者をその圧倒的な治癒術で救い、その上マンマモス討伐に貢献した。そなたに救われた命は数知れず、勇者三人の承認により、そなたを勇者と認定する」

「あ、ありがたき幸せにございます！」

「うむ……。戦って救える命は、確かにある。しかし、そなたのように戦では救えない命を救える者は、必ず必要となるであろう……。そなたには、『治癒の勇者』の名を授ける」

「はい！」

モニカは国王から首飾りをかけられる。

続いて呼ばれたのはレシアだった。

「レシア・アル……いや、レシア。そなたは、ベヒーモス討伐の功績に加え、国王である私の承認により、勇者として認める」

「……はい」

レシアは一瞬、俺に目配せする。

俺は目を逸らした。

「そなたには……『黄金の勇者』の名を授ける」

「身に余る光栄にございます」

レシアも首に首飾りをかけられる。

あの戦い——キュスターが魔人であったことは、既に周知となっている。それに関して、レシアに多くの嫌疑がかけられたりもしたが——その全てをエレシュリーゼが一蹴してくれた。

そもそも、現勇者達が手こずっていたベヒーモスを討伐した功績もあり、レシアにかけられた嫌疑はすぐに晴れた。

そして、キュスターとの戦いに関しては——俺とレシアしか知らない。

レシアの表情から少し複雑そうな想いは汲み取れたが、彼女はまた目標へと一歩近付いた。そのことを俺は嬉しく思う。

次に呼ばれたのはラッセルだ。

「そなたは魔人討伐に加え、モンスターの大群を討伐した。そなたの要望を聞き、そなたには『正義の勇者』を授けよう」

「はっ！　ありがたき幸せ！」

ラッセルも首飾りをかけられる。

そういえば、こうして複数人が一度に勇者認定されることは、今回が初めてのこと。史上初というわけだ。

「最後に……オルト」

「はい」

名前を呼ばれ、俺は面を上げる。

「そなたも魔人の討伐、並びにモンスターの大群の討伐をした。選抜戦で見せた冴え渡る剣技……実に見事であった。それを称え、そなたには『剣聖の勇者』を授ける」

「身に余る光栄。ありがたく頂戴致します」

俺にも国王から首飾りが掛けられる。

「さて、『紅蓮の勇者』エレシュリーゼ・フレアムよ。そなたを筆頭に、本日より五人でパーティーを組むのだ。未開拓領域での、より一層の活躍を期待している！」

「畏まりました……」

エレシュリーゼが頭を垂れ、式典は終わった。

その後、盛大なパーティーが執り行われた。

俺やラッセルは、パーティーで騒がれる柄でもなかったため、軽く挨拶を済ませ、すぐに席を外した。

俺達は息苦しい襟を緩め、パーティーが行われている城の屋根上で並び座る。

天井の太陽はエネルギーを失い、仄《ほの》かに光っている。

「しっかし、俺とてめえが勇者なんてな」

「はっはっはっ！　俺としては、ある意味では丁度よかったのかも知れない。憲兵では、本当に守りたいものは守れなかったからな」

「ああ、そういえば……そっちの仕事はどうすんだよ」

「勿論、辞めるさ！　これからは勇者として未開拓領域の調査を行い、成果を上げる！　そうすれば、平民の俺でも爵位が与えられる。そしたら、俺は自分の領地を得たいと思っているのだ！」

「領地？」

「うむ。上も下もない。正しい法に守られた、正しい街！　俺が目指す正義を形にしたいのだ！」

「へえ……」

ラッセルらしいと思った。

第三章

認定式典からしばらく経ち——俺はマイクラスルームで惰眠を貪っていた。そこへ、相変わらず葉巻を咥えているレオノーラが呆れ顔で入って来る。

「あんた、勇者になったってのに暇だねえー」

「まだ勇者になって間もねえからな。つっても、少ししたらエレシュリーゼも含めて、俺達は学校辞めるつもりなんだ」

「まあ、勇者になったんだし、養成学校にいる必要はないから当然のことだろうさ。あんたも、そんなに思い入れなんてないだろうしね」

そう言ったレオノーラに、俺は否を唱えた。

「いんやあ？　別にそんなことねえよ」

俺にとってはレシアと再会出来た場所だ。それなりに思い入れがある。

「ふうん？　そうかい。しかし、あれだね。このFクラスから小うるさいのがいなくなると思うと、ちょいと寂しくなるねえ」

「そうか？　レオノーラからしたら、これで晴れてFクラスの担任卒業じゃあねえか。担任らしいこと、あんまやってねえけど」

「うるさい」

レオノーラが目で咎めてきたので、俺は素知らぬ振りをした。

その後、レオノーラは仕事が残っていると言ってFクラスを後にする。残った俺は、椅子の背もたれに寄りかかり、適当に校内をぶらつこうと思い立つ。

廊下を歩いていると、途中で人に集《たか》られているモニカに遭遇した。

「モニカ様！　お荷物をお持ち致します！」

「モニカ様！　移動の際には、どうぞわたくしめを馬として――」

「ふ、ふえええ……」

もの凄い接待を受けていた。

四方八方から「モニカ様！」と呼ばれ、モニカが目を回している。

今まで平民と蔑まれてきたモニカが、勇者になった途端だ。見事な手の平返しである。

俺は頭を掻いた。

「おい、モニカ。なーにやってんだ？」

声をかけると、モニカに集る有象無象の目が、一斉に俺へ向けられる。モニカも俺に気がつき、目で助けを求めてきた。

俺はため息を吐きつつ、

「そいつは俺の連れなんだ。ちょいと、席を外してくれ」

モニカに集っていた有象無象が、サッと廊下の脇に張り付く。

晴れて自由の身となったモニカは、安堵の息を漏らした。

「あ、ありがと……オルトくん」

「いや、別に。つーか、迷惑ならはっきり言ってやんねえとダメだぜ？」

「そ、そんなこと……怖くて言えない……」

「おいおい。モンスター襲撃の時、勇猛果敢に戦ったって聞いたんだが？」

「あ、あれはだって……やるしかなかったというか」

モニカはモジモジと両の人差し指を合わせる。

俺は苦笑を漏らした。

「まあ、優しいっつーか……そういうところが、モニカの良いところなんだろうけどよ」

「え？　そ、そうかな？」

「ああ。俺はそういうところ、結構好きだぜ？」

「ふえ!?　すっ…………そ、そっか……えへへ。ありがと！」

「ん？　別にお礼を言われることしてねえけど」

「えへへ〜。なんかお礼を言いたくなったの！」

妙に機嫌が良くなったモニカ。

俺は首を傾げつつ、「そうかい」と返した。

「あ、そういえば……あれからレシアさんとはどうなったの？」

「ああー……その話か。いや、向こうが結構忙しくてな。会えてない」

レシアは勇者になったことも相まって、ノブリス騎士団での地位が上がった。それに伴い、レシアは慌ただしくしている。

エレシュリーゼも同様に、生徒会長であるためいなくなる前に、生徒会業務の引き継ぎをしなくてはならないらしく、やはり忙しそうにしていた。

ラッセルの奴も、憲兵を辞める件で忙しくしており会っていない。

「無職な俺達は、楽でいいよな」

「そうだね。でも、そっか……レシアさんとは進展ないんだね」

「…………まあ、そうだな。少し落ち着いてきたら、腹はくくろうと思ってるけどな」

「……？　どういうこと？」

モニカの問いに、俺は頭を掻きながら答える。

「まあ……告白するってことだよ……」

今度はうっかり口を滑らせるのではなく、最大限に格好良く、着飾って、場を作り、最高のシチュエーションで告白する……！　…………予定だ。

「あーそうなんだ……。うん……えっと、頑張って！　応援はしないけど！」

そう言ったモニカに苦笑しつつ、俺達は別れた。

俺がいなくなるとすぐに、背後からモニカの「ふえええ」という悲鳴が聞こえてくる。また、集られているのだろう。

俺はもうすぐ去ることになる校内を、懐かしみながら歩く。長くいたわけではないが――だが、今までこの第九〇階層を目指し、ひたすらに歩き続けていた。そもそも、これだけ長い期間、同じ階層の、しかも同じ場所に滞在していたことすらない。

最後に──俺はレシアと再会した屋上へと赴いた。

まだ太陽の照り輝く空を見上げながら、屋上から見渡せるフェルゼンの街並みを眺める。

それからしばらく。手摺に肘を乗せて油を売っていると、誰かが屋上へ続く扉から現れる。

振り返ると、エレシュリーゼだった。

「あら、オルトさん。こんなところで何をしていますの？」

エレシュリーゼは言いながら、俺の隣まで歩み寄る。

「暇だったんで、ちっとばかし散歩をな。てめえは？」

「少し息抜きに……。もうすぐで引き継ぎも終わりますわ。そうしたら、いよいよ勇者として本格的に始動ですわ。オルトさんも忙しくなりますわよ？」

「そうかい」

俺は相槌を打ち、天を仰いだ。

「そういえば……オルトさん。会ったら聞きたかったことがあったのですけれど」

「んあ？　なんだ？　藪から棒に」

「大したことではないのですが……純粋な好奇心でお聞きしますわ」

「……？」

顎を持ち上げて先を促す。

エレシュリーゼはジッと俺を見ながら口を開く。

「どうやってその力を得たのです？　六年前、あの頃からオルトさんは年齢に見合わない強さをしていらっしゃいましたけれど……」

「気になるか？」

「当たり前ですわ。一人の剣士として、大変興味がありますの……」

「残念だな。企業秘密だ……って、勿体ぶっても良いんだけどな」

「教えて下さるんですの？　どっちです？」

俺が勿体ぶるからか、エレシュリーゼが臍を曲げ、口を尖らせる。

少し巫山戯《ふざけ》過ぎたと平謝りする。

「悪い。悪い。いや……まあ、今は知る必要のねえことだ。いつか教えてやんよ」

「言いましたからね？　いつか絶対に教えて頂きますわよ？」

エレシュリーゼはそう言って、懐中時計で時間を確認する。

「あら……そろそろ戻りませんと」

「もうか？　生徒会長様は忙しくて大変なもんだな」

「そう言うなら手伝って下さる？　男性に見合った肉体労働もありますの」

「遠慮しとくー」

屋上から去ろうと歩みを進めるエレシュリーゼの背に、そう投げる。俺に対して背中を見せているので表情は窺えない。だが、きっと今は苦い表情を浮かべているだろう。

今度こそ屋上を立ち去ろうとするエレシュリーゼに、俺は聞き忘れていたことを思い出す。

「あ、そうだ。そうだ。俺からも聞きたいことがあったんだよ」

「それ、もっと早く聞いて下さいません？　それで、なんです？」

怒るエレシュリーゼに、再び平謝りしながら用件を述べる。

「いやあ、ほれ。俺が養成学校に入る前――渡した羊皮紙があったろう？　お前なら、あれを書いた奴のこと知ってんじゃねえかってな」

「ええ……それでしたら、勿論」

「だったら、そいつの居場所が知りたいんだけど――」

エレシュリーゼは要望通り、件《くだん》の人物がいるという場所を教えてくれた。

「さあて……んじゃまあ、早速行ってみるかね」

エレシュリーゼによれば、件の人物は第一〇〇階層にいるらしい。勇者となった俺は、わざわざ迷宮を通る必要はなく、ゲートを通ることが出来る。

第九〇階層からなら、半日もすれば第一〇〇階層へ着くことだろう。

※

第一〇〇階層に到着した。

城を歩き回り、時折すれ違う使用人の人に道を尋ねながら――俺はある人物がいるという部屋の前へやって来た。

「エレシュリーゼに聞いた場所って、ここで合ってるよな？」

とりあえず、扉を叩くと中から『開いている』という淡白な返答があった。

部屋は執務室で、室内には書類が多い。奥には執務机が置かれ、そこで一人の男が黙々と書類に目を通していた。

「よお、久しぶりだな」

「ふむ……そろそろ、来る頃だろうと思っていた」

男は書類から俺に視線を切り替える。鋭い眼光が眼鏡越しに俺を射抜いた。

「八年振りと言ったところだな。少年」

「もう少年なんて歳じゃあねえよ」

俺が会いに訪れた人物は――八年前、俺に例の書状を渡してくれた騎士だった。

長い白髪を後ろで一括りに縛っている。

俺は肩を竦める。

「少し老けたか？」

「八年だからな。彼も老けていただろう？」

「キュスターのこと言ってんのか？　興味なくて覚えてねえわ。あいつの顔」

そう言うと、男が肩を竦めた。

「……それで？　世間話をしに訪れたわけではないだろう？」

「まあな。っても、あの時の礼を言いにきただけだ」

「礼などいらないさ。君はキュスターを倒してくれただろう？」

「そりゃあ、俺が俺の意思でやったことだ」

「だとしてもさ。キュスターが消えたのは、私にとって何かと都合が良くてね」

「ふうん？　んじゃまあ、礼は言わないでおくわ」

男は「そうするといい」と口にし、不敵に笑いながら続けた。

「それで……他にもあるのだろう？　一人で来たのだ。あまり人に聞かせたくない話があるのだろう」

「……察しがいいな。じゃあ、単刀直入に言うが――あんたも魔人なんだろ？」

俺が問いかけると、男はしばらく沈黙した後にゆっくりと頷いた。

「なぜそう思った？」

「別に。キュスターが魔人だったからなんとなくな」

「なるほどな……」

「隠さないのな」

「君にバレてもどうと言うことはない。君は……彼女以外どうでもいいはずだ」

男が不敵に笑ったので、俺は肩を竦めた。

「なあ、何であの時……俺を煽るようなこと言って、あの羊皮紙を渡してくれたんだ？」

「理由は……話したはずだが？」

「そりゃあ、本音はな。だが、建前の方を聞いてねえんだよ」

「建前は所詮、建前にしか過ぎない。キュスターが嫌いだというのは事実だったからな」

「だとしても腑に落ちねえ。俺は結果としてここまで登って来たけどよ。八歳のガキが、迷宮を生きて来れるわけねえだろ普通は。なんでそんな確実性のねえことしたんだ？」

男は再び沈黙した。

それから、座っていた椅子から立ち上がり、背後の窓へ身を寄せる。窓からは光が差し込んでいる。男は何を見ているのだろうか。

「確実性……か。違うな。私は君がここまで来ることを、そしてキュスターを打倒することを知っていた」

「そりゃあ、またなんで」

「私が――『先見の魔人』アスファロストだからだ」

「アスファロスト……それが、魔人としてのてめえの名前ってことか」

人間としての名前は、アスファロスト・レーゼン。ノブリス騎士団の団長ということになっている。

「私は少し未来を見ることが出来るのさ。君は必ずここまで来る。そして、キュスターを打倒する未来を、私は見た」

「だからってか……」

「ああ、そうだ。だから、私は君を煽った」

そうすれば、俺が迷宮を攻略しながら登って来るから――。

俺は溜息を吐く。

「全部、手の平の上だったってか？　……ちと面白くねえな」

「いいや、それは違うな。私の未来視もそこまで便利ではない。私が見えた未来は、君がキュスターを倒すところさ」

「……まあ、そういうことにしておくわ」

「そうしてくれ」

一応、納得しておく。

そこで一度、会話が途切れた。

「………ふむ。まだ、君は私に聞きたいことがあるのだろうな」

「まあな。こうして、普通に魔人が人間の生活圏にいるってのも気になる……だが、まああれだな。今日のところは、聞きたいことは全部聞いたしな。また、必要になった時にでも来るわ」

「あまり……忙しい時には来ないで貰いたいのだが」

「おいおい？　俺は天下の勇者様だぜ？　今じゃてめえより偉いんだ。仕事より、俺を優先させてもらうぜ？」

ニヤニヤと言ってやると、アスファロストが苦笑した。

「まあ……ほどほどに頼む」

「考えとくわ」

俺はアスファロストに背を向け、手をヒラヒラさせながら言った。そして、執務室から立ち去った。

※

数日後。

各メンバーの周りが比較的に落ち着き出し、養成学校で久しぶりに集まった。

俺のマイクラスルームで、エレシュリーゼ、モニカ、ラッセルがハーブティーを飲んで優雅に過ごしている。俺達は、四つの机を四角形に並べ、囲って座っていた。

レシアがいないのは、彼女に秘密で三人に相談したいことがあったからだ。

「……………俺、そろそろ告白しようと思うんだ」

静寂が保たれていた教室は、俺の発言を皮切りに変化する。まず、反応を示したのはラッセルだ。

「やっとか！　いつ告白するのかと思っていたぞ！」

「いや、タイミング逃しててよ……。そろそろ、俺達も忙しくなるから、俺の目的を果たさねえとなって思ってな」

「うむ。サクッと玉砕するといい！　はっはっはっ！」

「縁起でもねえこと言うなよ……」

完全に面白がっているラッセルを睨む。

ふと、隣に座るエレシュリーゼが乱暴にティーカップをソーサーに置いた。目を向けると、半眼で俺を見ていた。

「全く……それを、わたくし達に相談します？　普通」

「いや、他に頼れる奴いねえし……。ほ、ほら！　モニカとエレシュリーゼは、レシアと同性だし！　女の意見も……な⁉」

俺が言いわけめいたことを口にすると、モニカが苦笑を浮かべる。

「ううーん……。でも、やっぱり、デリカシーに欠けてると思うの」

「…………」

俺はそっと目を逸らした。

しばらくして、二人から盛大な溜息を吐かれた。ラッセルはそれがさぞ面白かったのか、ご満悦な様子である。今すぐ、ラッセルの腹が立つ顔を殴り飛ばしたい。

「と、とにかく……頼む。知恵を貸してくれ」

「そう言われましても……具体的には何を？」

「告白に必要な物っつーかな」

「ああ……なるほど」

エレシュリーゼは顎に手を当て、幾らか思考する素振りを見せる。

「そうですわね……。やはり、女性なら薔薇の花束は貰って嬉しいですわね！　薔薇の花束！」

「へえ……嬉しいのか。薔薇の花束」

エレシュリーゼの意見について、モニカに尋ねる。

興奮して言ったエレシュリーゼとは対称的に、モニカは困った笑みを浮かべる。

「わ、私はそこまで……」

「だそうだが？」

「そ、そんな⁉　乙女ならば、薔薇の花束は夢ですわよ！　乙女の夢！　こう……白馬の王子様が両手一杯の花束を……ね⁉」

「いや、ねって言われてもな。俺は男だから、よく分からん……。逆に、モニカはどんな告白がいいんだ？」

モニカもエレシュリーゼと同様に、考える素振りを見せた後に口を開いた。

「うーん……。あ、ロマンチックな場所とかで告白されるのは素敵だと思う！」

「ロマンチックか……なるほど」

モニカの意見に、エレシュリーゼも同調している。エレシュリーゼは、「ロマンチック！　いいですわね！」とテンションを上げている。

「ロマンチックな場所……夜景の綺麗な場所でディナーを楽しみ、薔薇の花束を！」

「やっぱり、薔薇の花束なのかよ……」

どんだけ好きなんだよ。

ふと、気がついたが……モニカはあまりお金のかからない意見を、エレシュリーゼはお金のかかる意見が多い。この差は、貴族と平民の差なのだろう。

そんなことを考えながら、ラッセルに目をやる。

「で？　てめえは何かねえか？」

「む？　むー……俺にはそういった経験がないのでな。いい助言は出来そうにない。しかし、そうだな……身形《みなり》はしっかりしておいた方がいいのではないか？」

「身形か……」

ラッセルの言う通りだ。

俺が持っている古びた服や、学校の制服では情緒がない。紳士服でも一着買った方がいいだろう。

なるほど。なるほど。粗方、固まってきた気がする。

「紳士服に……薔薇の花束。後は、ロマンチックな場所だな……うし。なんか、行ける気がしてきた！」

「はっはっはっ！　潔く玉砕するがいい！」

「早く玉砕して来てね～」

「玉砕して下さいませ～」

「いや、し、しないからな!?　しないからな!?」

少し不安になってきた……！

※

それからしばらく城下町の店に足を運んだ。

「まずはあれだな。服だな」

昨日、着ていた正装は派手だ。

今日の大事に似合うのは、厳かでありながら上品で、清潔感のある服だろう。……多分。

俺は城下町の紳士服専門店で、清潔感のある紳士服を一着購入する。首に蝶ネクタイを結び、身嗜《みだしな》みは万全だろう。

さらに、花屋に寄った。

エレシュリーゼの助言通り、薔薇の花束を注文。数分で出来た花束を店主から受け取る。

「あとは……なんか必要なもんはあるかね」

エレシュリーゼやモニカ、ラッセルから聞いた話だと……大体こんなところ。

後は……あれか。ロマンチックな場所か。

「ロマンチックねえ……」

辺りを見回してみるが、それらしいところはない。

「つーか、なんだよロマンチックって。見晴らしの良いところか？　ったく……ええい！　こうなりゃあやけだ。片っ端にそれっぽいところを探して、ビビッと来たところでやってやる！」

完全な行き当たりばったり戦法だが……幸い、俺にはそうあったセンスがある。大丈夫……

己を信じろ！

　そうやって俺は、ロマンチックな場所とやらを探して街中を駆けずり回った。しかし、これが失敗だった……。

　俺の感性は妥協を許さず、自分が納得するレベルの場所が見つけられなかった。

　その結果――養成学校にある薔薇庭園に決まった。そこに机と椅子を用意し、白いテーブルクロスを被せる。

　こうして全ての準備が整ったのだが、俺は肝心なことをすっかりと忘れていた。

「あ……やべっ。レシアを誘うの忘れてた……！」

　そうだ。このセットも、準備も……全てはレシアのために用意したというのに。

　空を仰ぐと、既に時刻は夕方。太陽もエネルギーを失おうという時。今から誘って、はたして来てくれるのだろうか……。などと思っていると、薔薇庭園の道を誰かがコツコツと足音を鳴らして歩いて来た。

　反射的に目を向けると――黒いドレスを身に纏ったレシアがいた。髪をアップに纏めているせいでうなじが見えている。

「え、あ、あれ……な、んでレシアが……」

「あの……その……ラッセルさんが、『夕方くらいに薔薇庭園に行ってみると良い！』って……。というか、ずっと見てました」

「…………え」

ふと、レシアが視線を向けたので俺もそちらに目を向ける。丁度、校舎側から薔薇庭園を一望できるテラスが目に入った。

そこにラッセルがニマニマ顔で立っていた。レシアもあそこから、俺がせっせと準備していたのを見ていたのだろう。

そう考えると恥ずかしくなってきた……！

「そ、そうか……。いや、まあ、あれだ。えーっと……今から時間いいか？」

「ええ……構いません」

俺はレシアに近付き、手を差し出す。

レシアは少しだけ躊躇った後、俺の手を取った。その手を引き、用意した椅子にレシアを座らせる。

「あ、そうだ。これ……薔薇の花束」

「はい。ありがとうございます」

「…………」

「…………」

会話が終わってしまった。

気まずい。だが……男オルト。一度、腹をくったのなら引く道は――ない！

ええい！　ままよ！

「レシア！」

「ふあ、ふあい!?」

花束を受け取ろうとしていたレシアの名を呼ぶと、彼女は上擦った声を上げた。

俺は落ち着くために深呼吸を挟み、続ける。

「あの……ガキの頃の約束覚えてるか？」

「……………うん。覚えてるよ。あたしから言ったことだから……むしろ、よく覚えててくれたわね」

レシアは恥ずかしそうにしながら、昔の口調で返してくれた。

「当たり前だろ。あの時の……俺はガキだったから。素直になれなかったけどよ……いや、まあそれは今もなんだけど……って、そういうことを言いたいんじゃなくてだなあ！」

「……ふふ」

俺が一人で慌てていると、レシアが可笑しそうに笑う。

よ、よし……行くぞ……！

「……ふう。一回しか言わねえから、よく聞いとけよ……」

「……うん」

俺は椅子に座るレシアの前に膝を付く。

「あの時の約束を今、果たしたい。世界の果てまで……てめえと一緒に行きたい……ので、俺と一緒に行こう。世界の果てまで」

「……あたし、面倒臭いわよ？」

「知ってるよ」

「あたし、嫉妬深いわ……」

「大歓迎だね。そりゃあ」

「…………いいのかな」

「何が？」

俺が問いかけると、レシアは俺の花束を抱きしめた。

「こんなに……幸せな気持ちになって。ずっと好きだった幼馴染から告白されて」

「さあ？　そいつを決めるのは、レシア自身だな」

「厳しいのね。オルトは」

「優しい男がお好みかい？」

「ううん……オルトがいい」

レシアはくしゃっとした笑みを浮かべる。

「あたしも、オルトと一緒に行きたい。世界の果てまで」

「ああ、どこへでも。どこまででもな」

こうして、俺とレシアは結ばれた。

夕焼けの空は黄金に輝き、レシアの髪が一層煌びやかに輝いた。

この八年間の想いを告げられた。

それだけで、俺がやってきた全てが救われた。

レシアの笑顔だけで、俺はもう満足だった。

こんな感じのハッピーエンド。

きっとこれから上を目指す過程で困難にぶち当たるだろう。だけど、俺はレシアのためにその壁を斬り伏せる。

なぜなら、俺の剣はそのためにあるのだから。

UG novels　UG019

物理的に最底辺だけど攫われたヒロインを助ける為に、最強になってみた

2019年8月15日　第一刷発行

著　者	青春詭弁
イラスト	Ruki
発行人	東 由士
発　行	株式会社英和出版社 〒110-0015　東京都台東区東上野3-15-12 野本ビル6F 営業部:03-3833-8777　編集部:03-3833-8780 http://www.eiwa-inc.com
発　売	株式会社三交社 〒110-0016 東京都台東区台東4-20-9　大仙柴田ビル2F TEL：03-5826-4424／FAX：03-5826-4425 http://www.sanko-sha.com/　http://ugnovels.jp
印　刷	中央精版印刷株式会社
装　丁	金澤浩二(cmD)
D T P	荒好見(cmD)

ISBN 978-4-8155-6019-5　

青春詭弁先生・Ruki先生へのファンレターはこちらへ

あて先

〒110-0015
東京都台東区東上野3-15-12
野本ビル6F
(株)英和出版社
UGnovels編集部

本書は小説投稿サイト『小説家になろう』(https://syosetu.com/)に投稿された作品を大幅に加筆・修正の上、書籍化したものです。

『小説家になろう』は『株式会社ヒナプロジェクト』の登録商標です。

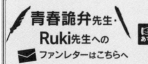